監督が好き

須藤靖貴

角川春樹事務所

〈登場人物〉

伴勝彦（ばんかつひこ）　かおるかぜ化粧品陸上部監督

齊田恭子（さいたきょうこ）　同部員

城ノ崎優（きのさきゆう）　同部員

関希望（せきのぞみ）　リオオリンピック女子マラソン日本代表

松代典子（まつしろのりこ）　伴の元妻

齊田秀英（さいたしゅうえい）　元陸連理事。元美竹大陸上部監督。恭子の祖父

監督が好き

1

彫刻的なひきしまった顔は世間に広く知れ渡っている。

伴勝彦。陸上競技関係者の中でもっともメディアへの露出が多い男だ。

スーツの広告に登場する外国人モデルのように凜々しく、短くたくわえた顎髭が四十男にふさわしい陰影を生んでいる。甘いマスクなどという陳腐極まりない表現も、伴の場合に限っては似つかわしかった。

女子ランナー育成の若き名将である。その高評を決定づけたのは今から四年前。伴が四十歳のときだった。

リオオリンピックを翌夏に控えた北京の陸上世界選手権女子マラソンで、伴が監督を務めるかおるかぜ化粧品陸上部の関希望が金メダルを獲得した。

関希望は小柄ながら足が長く、軽快なピッチ走法で北京の風を切った。先頭集団に食らいついていたレース中盤、東アフリカ勢の揺さぶりに動揺したのか、わずかに失速し後退した。しかし二十メートル離されたままでしぶとく粘り、東アフリカや欧米、そして地元の中国の強豪選手たちを三十五キロ過ぎから置き去りにして、独走でゴールテープを切った。

関希望の笑顔の先に両手を広げた伴がいた。

伴はロングタオルで関希望の身体を包み、肩に手を当てた。関希望は伴の目を見つめながら何度もうなずき、涙をぬぐうようにして伴の胸に顔をうずめた。伴は黙って関希望の背中をさすった。

この二人の姿に、日本中がまいってしまった。

鮮やかな勝ちっぷりに伴の選手育成の手腕が絶賛された。伴の現役時代の勝ち方も逆転が多かった。しかしマスコミに対して伴の口は重い。敗者は雄弁に、勝者は言葉少なに。それは伴の恩師の教えでもあった。「喜ぶな負けた奴にも親がいる」というわけだが、伴はもともと寡黙で勝っても負けても口数が少なかった。

そんな監督を補完するように、記者会見では関希望がよく喋った。

「中盤の揺さぶりは、監督の想定内でした。揺さぶられると、後続は必ずコンマ何秒か反応が遅れます。そこで焦るとペース配分が狂って失速するんです。それが狙いだから、遅れたら遅れたで、じっとついていけばいい。監督の言葉を信じて走りました。するると、当のケニア勢が勝手に落ちていきました。内心、やった！って思って」

関希望の横で、伴はただうっすらと笑みを浮かべていた。そのことを記者から問われると、「レースでは想定など役に立ちません。すべてが彼女の感性の良さの賜で す」と語る。謙虚さを装っているわけではなく本心を吐露していた。お喋りな女子選手とボソリと話す監督。この構図がさらに人気を煽った。

すぐに二人はテレビに登場した。自社製品のＣＭである。

「希望、アップ、ＯＫか」

「もちろん。今日はいい天気だし」

「張り切ってるな」

「太陽と伴走するために、かおるかぜＵＶケアは欠かせません」

「ＵＶケア？」

「紫外線対策、活性酸素対策です。ランナーの常識、女性の常識ですよ。ずっと外にいるんだから、監督もやったら？」

放映を見せられた伴は、自分の棒読みのセリフに赤面した。セリフは希望のほうが長いが露出は伴のほうが多い。部員にやりこめられた監督の苦笑いが画面いっぱいになる。ひきしまった風貌が関希望を見るときにほぐれる。眼差しに優しい甘さがある。低く落ち着いた声もいい。この製品が売れて会社の業績が上がり、伴と関希望は社長賞を受けた。さらに、コンビで健康食品とスポーツドリンクのＣＭにも登場。年末に雑誌が行なった「女性が選ぶ理想の上司」というアンケートで、伴は人気タレントを抑えて一位、金メダルを獲得した。

静岡県にある、かおるかぜ化粧品陸上部の合宿所や練習グラウンドには取材が殺到した。

伴と関希望は活々として練習に打ち込んだのだった。

2

伴は人の三倍走ってきた。

大学時代は箱根駅伝出走を目標に、生活のすべてを長距離走の練習に賭けた。脚を休めるときには体幹を鍛えた。その打ち込み様は鬼気迫るものがあり、一年生のときから伴の目の色だけが違った。

自分には持ち時間がない。早死にする。そう思い込んでいるからだ。

伴は母親の笑顔を知らない。伴を産んだ母親は、産後の肥立ちが悪く、伴を抱き上げることなく二十三年の生涯を終えた。父親も四十三歳で死んだ。伴が大学一年のときだった。

父親はプロ野球の投手で、母親とは試合中に知り合った。母親はリリーフカー嬢だった。厳しい面持ちでマウンドに向かう父親の横で凜とした顔でハンドルを握る母親。その写真を大きく引き伸ばしたパネルが横浜のマンションの居間に飾ってあった。野球のキャップをかぶっていて髪型は分からない。

自分の顔は母親に似ている。大きく優しげな眼、すっと通った鼻筋、唇。白い歯。伴の端正な顔立ちはほとんど母親譲りだった。

父親は厳つい顔の九州男児で、伴が小学四年生のときに現役を退いた。それまで父親は遠征で家を空けることが多く、伴は父方の祖母に育てられた。やがて父親は一年のブランクを経て球団のコーチに就き、再び伴は一人で眠ることが多くなった。

帰宅しても誰もいない。小遣いはふんだんにもらっていたものの、いつでもイラついていた。そのせいかクラスメートに暴力をふるった。特に女子にちょっかいを出すような男子を嫌悪して殴った。いじめではなく制裁だ。女子たちの気を惹こうというわけではなく、女子を悲しませるような行為が許せなかった。粗暴な問題児である。伴は男子からは敬遠され、しかし女子たちにも受け入れられない。クラスでは浮いた存在になってしまった。

父親は伴をリトルリーグのチームなどには入れず、五年生から中学受験用の塾に通わせた。だが授業が頭に入らないから塾をさぼる。伴はその頃から背が高く、顔も大人びていて、夜の街を漂う年上の悪い仲間と付き合うようになった。粗暴さに拍車がかかり、喧嘩に明け暮れ、地元の警察署に何度も補導された。そのたびに父親は方々に頭を下げた。父親が大きな身体を折り曲げて謝罪すると、たいていのことは丸く納まったのである。伴は懲罰として登校前に警察署の掃除をやらされた。

中学に入ると野球部へ入った。しかしすぐにグラブとバットを捨て、陸上部に移った。長距離走が合っていた。目標を持って走っていると、心の尖ったところが少しだけ丸くなってくるような気がした。

走れば走るほど力がついてくる。それでますます気が晴れた。タイムは正直だ。気持ちをこめて走ると良くなり、心に澱みがあると伸びない。これほど自分次第の競技はないと思った。出す足にどのくらい魂をこめられるか。熱い心がすべてだった。このことがなによりも面白く、伴は長距離走にのめり込んだのである。

名門・美竹大に入り、四年連続で箱根駅伝に出場した。最初の一月、伴は一年生でただ一人箱根路を走り、チームは総合優勝に輝いた。その一週間後に父親は急性心筋梗塞で死んだ。

そのとき、伴は自分の持ち時間の少なさを確信した。

ここまで長距離ランナーとして順調に進んできたが、悠長に構えてはいられない。早くオリンピックに出てメダルを獲る。自分の名前を歴史に刻み込みたい。そう思い定め、伴はさらに心を燃やして走った。

タイムは抜群でルックスも良い。伴の走り姿や表情には品があり、箱根駅伝史上最高のランナーなどと評された。

大学四年生のときにはアンカーを務めた。総合四位に終わったが、伴のおかげで視聴率が数パーセント上がったと言われた。実はこのとき、伴は往路2区を走る予定だった。陸上専門誌から美竹大監督に申し出があったらしい。箱根駅伝特集号はよく売れる。表紙は毎年決まっていて、優勝チームのアンカーがゴールテープを切る瞬間である。美竹大が優勝する公算は大きく、そのときに伴がアンカーだと売れ行きがさらに伸びるというわけだった。冗談のような逸話が残っている。

実業団に入って本格的にマラソンに移行。国内では無敵で、勝ち方に華があった。終盤で一度抜かれながらも、諦めずに抜き返してゴールテープを切るレース展開から〝逆転の伴〟と言われた。

そしてついに念願のアテネオリンピックの日本代表となった。男子マラソン日本人選手のメダル獲得に、久々に期待が集まった。入賞こそ逃したものの、伴の力走は日本中が知ることになった。

オリンピックの翌年、伴は現役を引退して指導者の道を歩み始めた。

そして天才ランナー、関希望とともにオリンピックを目指すことになったのである。

3

帆に満々の風を受け、伴と関希望の二人は八月のリオへ乗り込んだ。

平均気温は二十二度、日中は三十度を越えることもあり、マラソンランナーには過酷だ。女子マラソンのスタートは午前九時半。レース当日の午前中は涼しく、鼻をくすぐるような香りの海風も穏やかだった。

ただし日差しは強く、街全体にスポットライトが当たっているようだった。カーニバルの会場でもあるサンボドロモの競技場は前夜から騒々しく、雰囲気が上擦っている。両手を拡げた巨大なキリスト像がコルコバードの丘にあり、どうしても目線が上に行く。顎が上がって身体の重心が浮くような気がするのだ。

リオの空気は伴の心象風景に重なった。スタート前から歓喜の渦に包まれている。

自らがスタートラインに立つときよりも充実感がある。母親の運転でマウンドに向かう父親の姿に、伴は自分を重ねた。

白いユニフォームを着た関希望がスタートの号砲を待っている。

世界選手権から一年、この日のために心身を律してきた。

二時間半後には、関希望の胸に金色のメダルが輝く。伴には確信があった。

「オリンピックで金メダルを獲れる監督は、おまえだけしかいない」

三十歳で現役ランナーを引退して女子監督に就くときに、恩師の齊田秀英から受けた言葉だ。

当時は根拠の乏しい励ましに思えたが、その重厚な言葉を頼りにベストを尽くせばいいのだと自分に言い聞かせた。

それが今、手の届くところにある。

秀英は身体を壊していて入退院を繰り返していた。金メダルを引っ提げて恩師を見舞うことができる。これほど誇らしいことがあるだろうか。

しかし――。

スタートから三十分で関希望は先頭集団から遅れ、その後も見せ場を作れないままに三十キロ地点でリタイアした。

競技場で待っていた伴は、十五キロ地点を通過したあたりで関希望の異変を察し、声を届けるために三十キロ地点に移動した。集団から離れ、歩くようにやってくる関希望を目の当たりにして、伴は声を出すことができなかった。彼女の虚ろな目が伴の姿をとらえたそのとき、関希望はアスファルトにうずくまってしまった。細い肩と短く切った髪が震えていた。

希望！　伴は叫んで飛び出した。

左足脛の疲労骨折。

一日わずかのオーバーワークが累積し、本番の舞台で破裂してしまったのだった。

その危険性は女子ランナーを預かる監督ならば分かり切っているはずだった。同じような理由で本番のレースを棒に振った女子ランナーは大勢いたのである。

伴は顔が上げられなかった。サンボドロモの大歓声が非難の叫びに聞こえた。自分が今どこに立っているのかもわからない。何も考えられない。伴の頭にはリオの海風だけが渦巻いていた。

茫然自失は日本のファンも同じことだった。優勝は中国代表で、世界選手権で関希望に敗れた選手だ。レース直後、代表とその監督は歓喜を隠さずに喋りまくった。関希望に負けた悔しさが勝利の原動力になったと監督は言った。中国人のけたたましい冗舌ぶりは、ときに日本人の癇に障る。

世間の落胆はやがて怒りに変わる。中国代表の得意気なコメントを許した責任の所在は、という流れになった。選手には罪はない。采配を間違えた監督が悪い。そうなるのは必然である。記録と実績を考えると関希望は歴代のトップスリーに入る天才ランナーだ。それを伴が潰した。金メダルを獲るために注意義務を怠った。訳知り顔で出てきたスポーツコメンテーターの「伴監督、調子に乗りすぎましたね」という一言に集約された。伴は落とし甲斐のある存在だった。

オリンピック代表は日本中の期待に押し潰されそうになる。選手は不安を払拭するには練習しかないと強く思うようになる。オーバーワークを戒めるのが監督の役目で、伴は乳児を見つめる母親のように関希望に寄り添った。それでも関希望は隠れて走った。少しでも体脂肪を減らそうと自ら食事を制限してしまった。自分がメダルを獲り、伴を喜ばせたいと考えたのだ。ランナーの勤勉さ、師弟関係の親密さがすべて裏目に出た。結果を残せなかった伴と関希望が出演していたCMはすべて打切られた。

かおるかぜ化粧品陸上部には十名の部員がいる。マスコミの容赦ない対応に、伴はじっと頭を低くしながら秋から冬、マラソンシーズンに向けて、普段どおりに練習メニューをこなした。

関希望がリオの惨敗から立ち直ることはなかった。体調は戻ったものの、心の窪みが埋まらない。「監督の顔を見るのが、辛くて」と言い残し、その年の暮れにかおるかぜ化粧品を退社し、マラソンランナーから身を引いた。

関希望はフリーアナウンサーが集うプロダクションに所属し、ときおりニュースのスポーツコーナーに登場するようになった。

4

風がとろりとして空気が重い。

伴はカタール・ドーハのハリーファ国際スタジアムにいる。リオオリンピックから三年後の十月だ。あのときの借りを返しにやってきた。

伴の視線の先にいるのは城ノ崎優。関希望が引退した後のかおるかぜ化粧品陸上部のエースだ。リオオリンピックの翌年、マスコミの〝伴叩き〟が収まったころ、他の実業団チームから移籍してきた。持ちタイムでも関希望にヒケをとらない。絶対的エース引退という大きくあいた穴を埋めるために伴が引き抜いたのだった。

もう一人、部内選考で城ノ崎優と競った齊田恭子を帯同させた。

国際大会へは選手、監督のペアで臨むのが普通だが、恭子は世界選手権の空気に触れたいと半ば強引に自費でついてきた。身体のケアを担うコーチ役にもなれるし、滞在するホテルはツイン仕様で女子二人で泊まることも都合がいい。一応は他の部員たちも納得できる抜擢理由だが、伴は実のところは恭子の嘆願に弱かった。

恭子は伴の恩師である齊田秀英の孫娘だ。人を射るような三白眼が息を呑むほど似ていた。目だけが隔世遺伝したのかと思うくらいで、恭子に相対すると伴は自分が大学時代に戻ってしまったように思えてしまうのだった。

リオオリンピックの翌年、齊田秀英は亡くなった。

その孫が伴のもとにきたことにも感慨がある。伴が母校のコーチを務めているころ、秀英の邸宅に招かれることがあった。当時の恭子は中学に入ったばかりの少女だった。秀英の孫らしく礼儀正しく、陸上界のスターだった伴の顔を憧憬の目で見つめていた。

「マラソンって、つらくないですか」と可愛らしい声で訊ねてきた。「こんなに楽しい競技は他にないよ」と伴は答えた。すると恭子は目を輝かせて秀英の顔をうかがい、甘えるような笑顔を見せた。

伴には質問の意図が分かった。おそらく秀英の画策で、「必ず、楽しいと言うから」などと恭子に含めたに違いない。秀英はそういう仕掛けをした。そのときの恭子の目には鋭さの欠けらもなかった。だが今は挑むような目付きで伴を見据えてくる。

二〇二〇年は二度目の東京オリンピックだ。日本マラソン勢はなにがなんでもメダルが欲しい。特に実績のある女子マラソンは国民の期待を背負っている。その期待の相当の部分が伴の指導手腕に注がれている。リオで大敗を喫したものの、だからこその期待である。大衆は一度目の失敗には寛容なのである。

伴が育てた選手ならば東京オリンピックで金メダルを獲ってくれる。伴ならば次こそ期待に応えてくれる。伴にはそう思わせる監督としてのオーラがある。ファンは伴のマスコミ露出を待ち望んでいる。むしろリオでの蹉跌が東京では吉と出るのではないかなどと思われる。あれだけ伴をこき下ろしておきながら期待を寄せてくる。愛憎半ばというように、叩くことによって親近感すら持たれるのかもしれなかった。

代表選考は必ず四年毎に話題になる。冬から春先にかけて行なわれる三つの国内選考レースの結果で必ずといっていいほど揉める。伴は選考のごたごたを毎回のように目の当たりにしてきた。「選考レースでベストを尽くし、あとは運を天に任せる」というのが陣営の基本姿勢だが、ランナーは選考結果を待つ間は宙ぶらりんの状態で練習に身が入らない。

本番の十か月前に代表枠をもぎ取ってしまうことが最善手だ。代表の意識に浸る時間が倍も違う。冬の選考レースで内定する選手は、代表としての晩秋、初冬を迎えることができない。夏の世界選手権で決めてしまえば、暮れも正月も代表選手として過ごすことができる。

城ノ崎優は二十六歳。丸顔で浅黒く、目も円くて愛敬のある表情をしている。海外レースの経験も豊富だった。

一方の齊田恭子は長距離ランナーにしては色白だ。首まわりがしっかりとしていて肩幅があるのは、大学までバレーボールをやっていたせいかもしれない。しかし入部後に初めて走ったマラソンで二時間二十八分台で入賞し、いきなり注目を集めた。

ベストタイムを競っていて、どちらも練習熱心で負けん気が強い。

実績では城ノ崎優。勝負強さでは齊田恭子に不思議な魅力がある。恭子はマラソン経験が少ないものの伸びシロが大きく、入部三年弱でエースの城ノ崎優を猛追したのだ。

悩ましい内部選考だった。

夏前、他の実業団監督からこう囁かれた。

「おまえのところ、二頭出しじゃないだろうな」

代表を争う女子ランナーを抱えたチームの監督、宇奈木誠だ。伴と宇奈木は大学時代陸上部の同期だから、おまえなどとぞんざいな言葉を使う。競馬になぞらえて選手を馬にたとえるところが不快だったが、伴は表情を変えなかった。宇奈木の言葉など、それこそ馬耳東風でいい。大学時代から宇奈木とはソリが合わなかった。しかし十五人いた同期のうち伴と宇奈木の二人だけが女子マラソンの監督に就いた。同じ土俵にいるため、大会や会議などで見たくもない顔を見なくてはいけない。

「城ノ崎も恭子も強いけどね。もし、世界選手権で二人内定なんてことになったら、独占禁止法に抵触するぞ」

宇奈木は齊田恭子のことを恭子と呼ぶ。秀英の薫陶を受けた身なので名字では呼びにくいらしい。それは大学ＯＢに限ったことではなく、陸連の関係者みなが齊田恭子のことを名前で呼んだ。

伴は口を結んで薄ら笑いを浮かべた。宇奈木はブルドックに似ていた。伴は犬好きだしブルドックも可愛らしいと思うが、宇奈木の顔だけは別だ。淀んだ目がいつでも四方をうかがうようにずる賢く光っている。学生時代からいつも一言多く人の心に針を刺すようなことを言う。

　そんな男がなぜ女子マラソンの監督になったのかは伴の知るところではない。ただ伴の時と同様、秀英の推しがあったに違いない。その理由を、秀英の口から聞くことはできない。

「まぁ二頭出しはいいけど、リオの時みたいに揃ってリタイアしたら、ただじゃすまねえぞ」

　伴は声なしで笑って軽やかに身体を翻した。宇奈木の顔を見ると、なにを言われても聞き流すスイッチが自動的に入る。必ず気に障ることを言ってくるから、いちいち腹を立てるのは無駄なことだ。

　宇奈木陣営も世界選手権に参戦している。だからドーハでは宇奈木とは極力顔を合わせないようにしていた。

　海外レースは間の取り方が国内とはまったく違う。乗り込んで調整が定まったと思ったら、すぐにスタート時間がやってくる。

　熱気の中、レースが始まった。

　伴は他の日本勢の監督と一緒には移動せずにスタジアムに腰を据えた。三十キロ地点や三十五キロ地点で渾身の声援を送ることも大事だが、誰よりも早くここに城ノ崎優が戻ってくることを信じて待った。

リオの関希望のリタイアでマスコミは伴を叩いたが、伴の監督としての手腕は業界では知れ渡っていた。伴の指導を受けた女子ランナーは必ず力を伸ばした。中には飛躍的にタイムを伸ばした選手もいる。だから城ノ崎優も引抜きに応じて移籍してきたのだ。

伴の監督としての特長はいくつかあるが、際立っているのは選手に接する態度である。伴は黙って人の話を聴く。選手の目を見つめて、ゆっくりとうなずく。ありきたりな相づちなどは挟まない。

中学高校と何人かの指導者と接してきて、伴には分かったことがある。指導者に対峙した部員はほとんど口を開かないということだ。

監督に呼ばれて、いくつかの質問をされ、それに簡潔に答える。それで面談が終わるときもあれば、監督の訓話が続くこともある。いずれにしても、口を開くのは指導者で、部員は返事をしてうなずくだけだ。部員は指導者に従順であればよいと思っていた。

ところが大学に入ったとき、その関係性が少し変わった。監督やコーチはあまり口出しをしない。優秀なランナーが集うチームで、いちいち個人の練習に介入できないという事情もありそうだったが、基本的には選手任せだ。監督は指導者ではなくアドバイザーである。

　マラソンは自主性がすべてだからという秀英の指導法に伴は納得した。ランナーは自分の考えを話すべきだ。それができないのは考えていないということだ。指導者の指示は的確なものに違いないが、主体はランナー本人だ。指導者が大きな存在で力があればあるほど、部員は思考放棄の危機に陥る。その点はなにも陸上長距離界だけの問題ではなく、日本のスポーツ全般に共通することなのかもしれない。

　伴がかおるかぜ化粧品陸上部の監督に就いたとき、まず部員との個別面談を行なった。

　一人一人と向かい合い、部員の考えを聴く。当初は、部員たちの表情は硬直して口が重かった。指導者に自分の脳味噌の中身を曝け出す経験などなかったのだろう。なにかを探られているのでは、と構えたのかもしれない。しかし根気よく部員の話を聴く伴の姿を見て、構えはすぐに解け、部員たちはしだいに冗舌になった。女子は自分の話を聴いてもらいたいものだ。

　伴は部員の話の途中で口を挟まない。ただ、部員の話に耳を傾ける。部員が話し終わると、短くアドバイスをする。「どうすればいいですか」という問いには、それが思考放棄なのだと諭す。「わたしは1万メートルを何分何秒で走りたい。どうすればタイムが縮みますか」という質問でもダメである。「そのために、こういうメニューをこういうインターバルでやります。どう思いますか」で、ようやく及第である。自分で考えることを徹底させた。喋ることは考えることなのだ。

言葉には力がある。部員には自分の目標を話させた。短期的なものでも長期的なものでも、目標を口にすれば日々の過ごし方が決まってくる。

「オリンピックで金メダルを獲ります」

そう言ったランナーは三人。関希望、城ノ崎優、そして齊田恭子だ。

伴独自の練習メニューも多い。先人が積み上げてきた従来の練習方法を無思慮に踏襲しない。練習方法も頻度もインターバルも、伴が自分で試してみて効果があったものを奨める。部員たちは自分の特徴を考え、納得した上でメニューをこなす。

静岡県にある、かおるかぜ化粧品陸上部の専用グラウンドの周辺には茶畑が広がっていて、土地が緩やかに傾斜している。緩く長い坂道がいくつもある。アスリートなら坂道は駆け上がりたくなる。だが伴は下り坂を走らせた。スピードに乗ったときのフォームを身体に覚え込ませるためだ。フォームを型にはめることを伴は嫌ったが、自分なりのフォームの安定は必要である。そのフォーム固めに下り坂ランは最適なのだった。

　上り坂のランニングは苦しいばかりだが、下り坂ランは気が晴れる。しかもここは風景がいい。遠くに新幹線の高架があり、超特急が東西を行く。それに合わせて下り坂を疾走するのは気持ちのいいことだった。春から初夏にかけては茶畑の清々しい香りがする。まさに薫る風の中を突っ走る感覚だ。

　さらにユニークなのは首の強化運動だ。腹筋の強化は長距離ランナーに必須だが、伴はそれと同じくらいに首の筋肉を鍛えさせた。

　大学時代、伴はラグビー部員の友人にならって首の強化メニューを採り入れてみた。すると走るときに肩の振りが安定してきた。考えてみれば、長距離走は重い頭を平行移動させる競技だ。土台の首を鍛えるとフォームが安定する。レスリングやラグビーの選手と同じように、ランナーも首を鍛えるべきだ。肩や首の筋肉量が乏しい女子ランナーにこそ大事ではないかと伴は思った。伴は監督就任と同時に、首を押す力に拮抗するアイソメトリックス運動を採り入れた。タンパク質を摂取する直前、夕食前に二人一組で頭を押し合う。部員たちは「首が太くなっちゃう」と不満を漏らしたが、性差なのか首はそれほど太くならないのだった。

部の組織作りにも工夫を施(ほどこ)した。選手十人の小体(こてい)なチームを一軍と二軍に分けた。その組織論は夏目漱石(なつめそうせき)とその弟子たちの関係性を利用した。

寺田寅彦(てらだとらひこ)、芥川龍之介(あくたがわりゅうのすけ)、内田百閒(うちだひゃっけん)といった門下生は師匠に親愛と敬意を抱(いだ)いた。漱石は弟子たちとの距離の取り方が絶妙だったという。

誰もが自分が師に一番近いと思いたく、弟子同士にライバル意識が芽生えた。その上で漱石は各人に「自分をよく理解している」と思わせ、他を出し抜いて師に取り入ろうという欲望を抑えた。

さらに集団を差異化した。第一集団の弟子は師と親密で、第二集団に対して優越感(ゆうえつかん)を持ち、師の代行者としてふるまうようになる。

「漱石」を「伴」に、「弟子」を「選手」に変えればいい。

監督と一番弟子は同一化する。第二集団を下のものとして見る。レギュラーになれば監督の代行者の気分になる。伴にも身に覚えがあることだった。

城ノ崎優は部員全員が認めたエースである。

ドーハへ乗り込む飛行機では城ノ崎優だけがファーストクラスを使った。伴と齊田恭子はエコノミークラスに並んだ。

スタートから二時間と少し。海外でのレースは特に早く時が過ぎる感覚がある。

大声援と一緒にランナーが競技場に入ってきた。ケニア人ランナーだ。続いてエチオピア、イギリスのランナーが走り込んでくる。

メダルの可能性は消えた。

まだ入賞がある。日本人トップは城ノ崎優だ。七人の第二集団の後位で粘っている。

トップ三人が競り合うことなく順当にゴールした。暑さと湿気の中でのタフなレースだ。

第二集団がスタジアムになだれ込んできた。ゴールの位置からはよく確認できず、伴はその場で何度も飛び跳ねた。

集団はばらけている。入ってきたのは六人だ。

白いユニフォームがいない。六人の中に城ノ崎優がいない。

八位入賞の可能性も消えた。

それでも、重い風の中を走り切った頑張りを讃えてやらなければいけない。伴は深呼吸して気持ちを定めた。ベストを尽くしたのだ。十位以内、日本人トップの成績は胸を張れる。ここから冬のトライアルを目指して、気持ちを切り替えて出なおせばいい。

だが――。

城ノ崎優の白いユニフォームはいくら待ってもやってこない。

一人二人と他の外国人選手が帰ってくる。

やっと来た。伴がそう思った瞬間、背後で「初美、ラスト！」と声がした。宇奈木が指導する選手の名だった。

城ノ崎優は二十五番目にスタジアムに戻ってきた。ほとんど歩いている。よたよたと身体を揺らし、惰力で進んでいる。

リオで見た関希望の姿と重さなった。

「優！」

伴は声を張り上げ走り出した。

優はトラックの外周に逸れて足を止め、膝をついてうずくまった。伴は救護班を呼び、優の小さな背中に駆け寄った。

「よくやった。よく走った。ラクにしろ」

伴は声をかけながら、シューズの紐を解いて脱がせた。白いシューズが焼き立てのパンのように熱く膨れあがっていた。嫌な予感がした。駆け付けた救護班が水を城ノ崎優の首筋に注ぎ、ソックスを脱がせ、氷を太ももの付け根にあてがった。

城ノ崎優は震えながら水を口に含み、なにかを呻いて泣きじゃくった。

「だいじょうぶだ。よくやった。よく粘ったぞ。おれは君の頑張りを誇りに思う。だいじょうぶ、安心しろ。みなが君のことを讃えてくれる」

「ごめんなさい」

「ラクにしろ。もう身体のどこにも力を入れなくていい」

「期待を裏切っちゃった」

「違う。君は頑張ったんだ」

「この程度なんだ……。わたしの力なんて」

城ノ崎優は担架で運ばれていった。伴もついていく。

いつのまにか齊田恭子が寄り添っている。「脱水ですかね」と恭子が言った。

そのとき伴の右足に激痛が走った。痙攣だ。教え子と共にマラソンに参戦していると、ときおりこの症状が現われた。

痛みの中で後ろ受け身をして寝転び、仰向けで右足を伸ばし、爪先を引っ張る。この瞬間が痛みのピークだが、思い切って足を伸ばしてしまえば徐々に痛みが引いていく。

城ノ崎優の付き添いは恭子に任せ、伴はスタジアムの隅に身を寄せた。足の痙攣を鎮め、気持ちも立て直した。完走を逃したのは残念だが、しっかりと軌道修正すればいい。まだ十分に時間がある。

伴は自分にそう言い聞かせ、腰を下ろし直し、フェンスに背中を押し当てて両足を伸ばした。

そこに男がゆっくり歩み寄ってきた。

記者ではない。白いポロシャツに出場選手関係者のゼッケンを付けている。

宇奈木だ。宇奈木の選手が日本人トップだったのだ。

ブルドック顔が擦り寄ってくる。

にやけた表情が一メートル手前で真顔になった。

見下ろされるのが嫌で、伴はゆっくりと立ち上がった。

「脱水?」

伴は口を結んで小さく首を横に振る。

猛暑の中で声援を送り続けたせいだろう、いつも以上に粘り着くような口調が迫ってくる。

「十月でも三十度以上だ。リタイアもやむなしさ。気を落とすなよ」

おまえに励まされたくない。今は何も考えたくない。誰の声も聞きたくない。

そう思った瞬間だった。

肘を起点にして手の甲が鋭く宇奈木の顔を打った。さっきの痙攣が上腕に伝播したように、勝手に右腕が動いた。

低い呻き声がした。錐で刺したような鋭い痛みが伴の右甲に残った。

宇奈木が腰を折っている。我に返った伴は手の力を緩め、宇奈木を見た。オーバーのボタンのような鼻から血が出ている。

「なにすんだ。励ましてやってるのに」

「うるさい」

事件の匂いを嗅ぎつけたのか、数名の記者が走ってきた。カメラもある。

「暴行じゃないか」

「うせろ」

伴はそれだけを言うと、その場に座り込んだ。全身が緊張し、痙攣がぶり返しそうだった。

宇奈木は左手で鼻血を拭い、笑顔を浮かべておどけて肩をすくめた。その仕草をカメラが撮る。カメラが伴のほうを向く。

「暴行？　伴さんが宇奈木さんを？」

若いスポーツ紙記者が言った。

「なんでもないよ」

宇奈木が鷹揚に答える。

「鼻血が出てるじゃないですか」

「なんでもない」

「今、暴行って言ったじゃないですか」

「なんでもないって。おれも伴も、凹んでるんだ。写真なんて撮らないでよ」

「伴さん、どうなんですか。宇奈木さん、鼻血出てますよ」

質問の矛先が伴に向く。伴は記者の目を睨んだ。

「城ノ崎優のリタイアの鬱憤を、宇奈木監督にぶつけてしまった。そういうことですか」

伴は目をつぶってかぶりを振った。自分でも宇奈木の鼻を打った理由が分からない。

「明らかに暴行事件じゃないですか。説明してください」

「手の甲で鼻を打った」

「殴ったんですね。なぜですか」

伴はうつむいて自分の白いシューズを見つめた。

なぜですか、と記者が宇奈木のほうを向く。

「たいしたことじゃない。レース後は、監督も選手と同じくらい疲弊してるんだよ。分かるだろ」

「ランナーと同じように、アドレナリンが巡っているんですよね。だから痛みを感じないんですよ。ひょっとしたら鼻の骨が折れてるかもしれない。今、ちゃんと検証しとかないと、取り返しのつかないことになりますよ」

「大げさだよ。こっちは長い付き合いなんだ。あとでちゃんと話すから、放っておいてくれないか」

宇奈木が伴から遠ざかり、記者たちも伴のもとを離れ宇奈木について行った。こういう場合は被害者から話を聴くのが筋なのだろう。

一人だけ、陸上専門誌のカメラマンが残った。何度か静岡のグラウンドにやってきた中年男だ。伴のことを大学時代から撮っていると話していた。

「難しいマラソンでした。僕も、力、入りました」

「そういうことを聴いてほしかった」

「城ノ崎は、フォームもいつもどおりだし、足も軽かった。でも顔がいつもと違いました。スタートしてすぐに、苦しそうな顔になって……。やっぱり、独特の緊張感のせいでしょうか」

「悪いが、肩を貸してくれないか」

伴はカメラマンの手にすがって立ち上がり、城ノ崎優のもとに足を進めた。

5

アドレナリンは強気のホルモンだ。しかし後悔のエキスが一滴でも入るととたんに消え失せ、全身に弱気の虫が巡ってしまう。

城ノ崎優は軽い脱水症状を起こしていた。

その上、右足の甲にひびが入っていた。どの地点で異状を発したのか、本人にも分からないという。

女子マラソン選手の骨のトラブルのほとんどは体脂肪の減らし過ぎに因る。代表に手の届くようなランナーは、ハードワークに見合う栄養を摂らなければならない。しかし勝ち抜くためには、体脂肪が少なければ……という心理も働いてしまう。

城ノ崎優はわずかに食事量を減らしてしまったのかもしれない。本人にも自覚のないくらいの、ほんの小さな不足。それが累積してしまう。もしそうだとしたら、それは監督の責任である。

関希望に続いて城ノ崎優もリタイアした。しかも、同じ原因で。

スタジアム内の多目的トイレに閉じこもり、何度も顔を洗った。

鏡に映る自分の顔が正視できない。

伴は立ったままで頭を抱えた。

頭に血が上っている。顔が熱い。

物静かで温厚な伴が人を殴った。よほどのことがあったに違いないと思われるだろう。

だが実情は違う。伴の外見と内面はかけ離れていた。

些細なことで思い悩み、およそさっぱりしたところがない。

明晰で見通しが立つのはいいのだが、そのせいで物事の悪い面ばかりを先読みする。起こってもいない事態を憂慮して眉をひそめる。そんな性格を自分でも嫌悪していた。

長い距離を走っているときには気持ちの霧が晴れた。長距離走が自分の中の醜悪なものを消しさってくれる気がした。長距離走に携わることで、外見の良さを盾にして内面を装ってきた。

頭を上げて恐る恐る鏡を見れば、鼻からわずかに出血がある。暴行の加害者が鼻血を出している。憂慮が頭に充満して鼻血が出る。中学生以来のことだった。

暴力は絶対悪だ。しかも伴は指導者だ。

自分はもう陸上界に居られなくなる。

監督を辞してなにをする。伴の頭と身体には陸上長距離のこと以外はなにもない。

学生時代から宇奈木の底意地は悪い。鷹揚(おうよう)な態度を崩(くず)さなかったことがかえって胡散臭(うさんくさ)かった。風向きによって簡単に豹変(ひょうへん)する。

もしかしたら、伴が陸上界に残れるように、宇奈木は暴行を不問に付(ふ)すかもしれない。しかしそれは大きな貸しを作ることができ、伴に対して優越感を持てるからだ。

声をあげて泣きだしたかった。そのくらいに気持ちが砕けてしまった。

伴はティッシュで鼻血を拭(ふ)き取り便器に流した。そのまま便座に腰を下ろし、再び頭を抱えた。

失意の中で、伴の意識がわずかに落ちた。ほんの数十秒のことだった。さらに憂慮が増殖すれば鼻血が止まらなくなる。そんな防衛反応なのかもしれなかった。

わずかな時間の中で、伴はこれまでの自分を全力疾走するように反芻(はんすう)した。

伴が気を入れて走りはじめたのは中学一年の夏だった。

神奈川の中学では当初、野球部に入った。

野球部を選んだのには、父親の職業へのあこがれもあったが、ひとつだけ明確な狙いがあった。フライを捕れるようになりたかった。バッターが打った瞬間に守備側は素早く反応し、落下地点まで走って捕球する。打球の音で落下地点が分かる。すごい能力だと感心した。外野フライを確実に捕球するだけではなく、フェンス際でジャンプして捕球したり、ダイビングキャッチしたりと、一瞬を捕まえる姿は目が眩む手品を見せられているようだった。練習すれば自分にもその能力が芽生えてくるのだろうかと期待したのだった。

ところが、入部して一か月の練習はただのシゴキだった。起伏の激しいジャリ道を二時間以上走らされた。さらに上り坂をしゃがんで手を後ろに組み、よちよちと進む「アヒル」と呼ばれるトレーニングをさせられた。そのあとで百メートルダッシュを十本以上。上級生は「ファンダメンタル・トレーニング」などと言った。毎日がこの調子で、外野フライどころではなく、ボールやバットには一切触れられなかった。

精神的ないびりはなかったが、後輩が苦しむ姿を上級生はにやにやして見ていた。彼らも一年前には「ファンダメンタル・トレーニング」をくぐり抜けてきたのだろう。

部の冷たい雰囲気とばかばかしいシゴキに伴は失望した。

梅雨に入ったころだった。練習を終えた伴は帰宅途中で道路に座り込んでしまった。坂道の短い階段を上ったとき、両足が痙攣を起こした。その場から一歩も進めない。中学一年生には応急処置のスキルなどなく、ただ尻をついて煩悶するだけだった。

伴は泣いた。情けなくて涙が出た。

練習の厳しさを思って午後の授業がうわの空になる腑甲斐なさ。仮病を使ってでも練習を休もうとした卑劣さ。逃げ出すことすらできずに嫌々とシゴキを甘受する心の弱さ。なにもかもが嫌になった。

やがて雨が降ってきた。伴は雨の中で泣いた。

携帯電話など普及していない時代で、そもそも自宅には誰もいない。住宅街で人通りもない。大声をあげて助けを呼ぶ気力もなかった。伴は尻をつき、幼児のように泣くことしかできなかった。途方に暮れる、というのはこのことなのだと思った。

そのとき、三十代くらいの小柄な男性が通りがかった。ワイシャツ姿で傘もささずリュックを背負って走ってきた。涙声で事情を話すと、「かわいそうに」と言って肩を貸してくれ、伴を自宅まで送り届けてくれた。男性は名乗らずにさっと身体を翻して走り去った。

翌日、伴は退部届けを出した。フライを捕球できるようになりたいという少年の小さな情熱は、暴風雨の中の蠟燭の火のように消えた。父親は「好きなようにしろ。おまえの人生だ」と言った。

よく決断したと思う。中学生、しかも一年生が部活を辞めることは難しい。中学校のような閉鎖集団でネガティブなことで目立つと生きづらい。部の仲間との関係も少なからず壊れる。辞めたくても辞めず、理不尽な練習でも耐え続けるほうが普通だった。高校生や大学生になればもう少し視野が広くなるのだろうが、中学生には「決めたことを取り消す」ことはやりにくい。「練習がキツくて逃げ出した」と嘲られることも嫌だった。

だからすぐに陸上部に入った。野球部では走らせられてばかりだったが、走ること自体は嫌ではない。きちんと走る練習がしたかった。それと……伴を助けてくれた男性に感じ入るものがあった。彼は黒いジョギングシューズを履いていた。困った人がいれば軽やかに手を貸してくれる。恩着せがましいところなど微塵もなく、さっぱりと格好が良かった。いつしかその男性の姿をランナーに重ねていた。

伴は練習に打ち込んだ。

陸上部の練習は単に走らせるのではなく、レースに最高のパフォーマンスが発揮できるようなものばかりだった。走る量は増えたものの気持ちは晴れた。栄養の重要性、オーバーワークの害について、顧問がレクチャーしてくれる。同じ中学の部活なのに、なぜここまで意識の差があるのかと驚いた。

野球部の上級生を見返すように、伴はグラウンドを走り回った。

その反面、伴は野球部に感謝している。シゴキ練習がなければ陸上部に入ることもなかっただろう。シゴキの理不尽さ、情けなさを思えば、どんな厳しいメニューもこなせた。伴は力を伸ばし、高校でも陸上部に入り、一万メートルで県の代表になった。大学では箱根駅伝優勝五回の名門、美竹大に進み、恩師の齊田秀英と出会った。同期には宇奈木がいた。三年生のとき、往路の平塚中継所で伴は宇奈木から襷を受けた――。

伴はここで目が覚め、勢い良く立ち上がった。

記者会見では表情を装わなければいけない。

伴は鞄の中から剃刀を取出し、洗面所で自慢の顎髭をきれいに剃った。鏡に映る自分の顔を見る。学生時代に戻ったような顔つきだ。苛立ちで人に手を出してしまうガキの顔だ。これが自分の正体なのだと伴は思う。

伴は音を立てて顔を洗い、タオルで顔中の水分をしっかりと拭った。

6

冷たい頬に手をやりながら、伴は食堂ホールに入った。

宇奈木はテーブルの隅にいた。

スマートフォンでもいじっているのか、右手の人差し指を立てて下を見ている。

周囲は雑然としているが、宇奈木の姿は一人で寂しげに見えた。伴が歩み寄る。宇奈木の表情に変わったところはなく、鼻血は止まったようだった。

おっ、とつぶやいて宇奈木が顔を上げた。

「悪かった」と伴は頭を下げた。

宇奈木はもう一度「おっ」と唸った。

「なんだその顔は」

伴は右手でつるりとした顎をさわった。

「誰かと思ったぜ。学生時代みたいだ」

「おれもそう思う」

「あれは……八つ当たりなのか」

「すまなかった」

「おれじゃなかったとしても、ああなったのか」

伴は息を呑んでうつむいた。宇奈木がゆっくりと足を組み替えている。

「おれ、なんか悪いことを言ったんじゃないかって」

「そうじゃない」

「じゃあ、八つ当たりだな」

伴は宇奈木の目を見つめてうなずいた。

「おれにもそういうことはある。でも人は殴らない。せいぜい自販機を蹴るくらいだ。ってことは、おれは自販機みたいなもんか」

宇奈木のおどけた口調を耳に入れ、伴はもう一度頭を下げた。

「ちょうど今、暴行罪と傷害罪のこと、ググってたんだ。そんなときに、おまえがきた。おまえはいつでもタイミングがいいよな。要するに、記者会見の前に謝っておこうってことか」

「そうかもしれない」

「部員が凡走するたびに八つ当たりしてたら身が持たないぜ」

「そうだな」

宇奈木はスマートフォンをズボンのポケットにしまった。

「暴行罪だ傷害罪だって話は冗談だ。そんなこと思っちゃいないよ。でも、なんでかって考えてた。ああいうことって、学生時代に済ませてなかったってことだよな」

「そうかもな」

「おまえ、おれのこと嫌いなんだろ」

伴は黙るしかなかった。

「そりゃ、四年間一緒に居りゃ、ムカつくところも見えてくるだろう。合宿所で朝晩は一緒にメシ食ってさ」

伴は宇奈木の小さな目を見つめた。

学生時代に済ませてなかった。そのとおりなのだと伴は思う。

なぜ自分は宇奈木のことが嫌いなのか。嫌悪の核はなんなのだろう。

小狡い精神性だ。

集団の中で、宇奈木は決して自己主張をしなかった。合宿所では団体行動である。食事の準備や掃除、ゴミ出しなど、各学年が話し合って決める。宇奈木は何を決めるにしても、ただ黙っている。

だが、物事の大勢が決まった途端に前に出て、同期の所作を仕切り出す。自主性の欠けらもないくせに、タイミングを見て集団の中で抜きんでようとする。それを自分では狡いこととは思っていない。仕切り役となって集団に貢献しているとすら自負しているらしかった。エネルギーを尽くさなければいけない場面では何もせず、しかし最後には自分がリーダーシップを取ってしまう。掃除やゴミ出しなどの雑務は自分だけが巧みにサボろうとする。

そんな男は仲間からは疎ましがられるものなのだろうが、同期で宇奈木の悪口を言い合ったり、ましてや宇奈木自身と話し合ったことなどなかった。みな練習で忙しく、どうでもいいことだと思っていたのだろう。だが伴は宇奈木を静かに嫌悪した。

宇奈木も実業団に入ってフルマラソンに移行したが、レーススタイルは宇奈木の精神性そのものだった。決して自分からは動かない。スパートにもついていかず、じっと力をためて脱落者を待つ。そして順位を二つ三つ上げてゴールした。伴は宇奈木を軽蔑した。そんな了見では絶対にメダルを獲れない。

だが。ときおり伴は思うことがある。これほど宇奈木を嫌うのは、自分の中にも似たような醜悪さがあるからでは、と。だから宇奈木の狡さに触れると腹が立つ。

大学一年のとき、ゴミ出しもトイレ掃除も買い出しもグラウンド整備も、伴は率先してやった。それは秀英の教えだった。「雑務をきびきびやること。そういう男が抜きん出る。雑務を担う多くの人たちがランナーを支えている。そのことを忘れる、いや知らないランナーは案外多い」と秀英は言った。伴はその言葉に従った。

宇奈木にも当然美点があるのだろう。秀英が見込んだ男だ。練習姿勢は真面目そのものだった。それ以外にも何かがあるはずだった。大学ＯＢで女子マラソンの監督をやっているのは伴と宇奈木の二人だけなのだ。

伴は息を呑み込み、ひとつうなずいた。

腹の中を隠さず学生時代にもっともっとやりあうべきだった。言葉を尽くし、自分の気持ちをぶつけて、お互い手を出したって良かった。

「後悔してる」

伴は言った。

「秀英さんが生きてたら、ぶん殴られてるな」

「もう、いいよ。城ノ崎に寄り添ってやれ」

宇奈木の言葉にも疲れが見える。伴は小さくうなずき、踵を返した。

7

記者会見はすぐに終わった。

通常のレースレビューで、伴は城ノ崎優のリタイアの要因を手短かに話し、立ち上がって腰を折り頭を下げた。

暴行に関する記者の質問は一切なし。陸連や宇奈木が手を回したわけでもなさそうだ。あのとき、伴と宇奈木の元に駆け寄ったマスコミは三社くらいだった。記者会見で公にして、せっかくのスクープを潰したくないのだろうと伴は勘繰った。

伴が顎髭を落としたことを、誰も指摘しなかった。入賞にも届かなかった選手の監督の顔など、誰も気にしていないのだ。

一泊して帰国の途についた。日本から参戦した関係者全員が同じ飛行機に乗っている。

機内で伴は恭子と並んで座っている。エンジン音なのか鉄の塊が空を切り裂く音なのか、轟々とうるさかった。

城ノ崎優はファーストクラスに横たわっている。

「優ちゃん、監督とコマーシャルに出たかったんだって」

右隣りで恭子が言う。

恭子は二十四歳、城ノ崎優は二十六歳だが、二人は入部同期だ。

二人席の窓際に恭子、通路側に伴がいる。エコノミー席の最前列で前に座席がなく、足を伸ばせるところがありがたい。

大会が終わった安堵のせいか、雲の上で並んでいるせいだろうか、恭子はいつになく冗舌だった。

城ノ崎優の健気な表情を思い出し、伴の胸が軋んだ。

「わたしも、その他大勢で出演できたのに」

「ああいうのは、もうこりごりだ」

「意外に弱気。じゃんじゃん稼いで、部に還元すればいいのに。みんなでファーストクラスに乗れますよ」

伴はあいまいにうなずいた。

「乗馬マシン、もっとバージョンアップできませんかね。身体が慣れちゃって」

専用グラウンドのトレーニンググルームには乗馬マシンが二台ある。足を休めながらインナーマッスルが強化できる。こんなことをやるマラソンチームは他にはない。かおるかぜ化粧品陸上部の名物メニューだ。

「やっぱり機械は機械です。本物の馬に乗りたくなりますよ」

恭子が言う。伴も馬に乗りたかった。馬の背に乗って風を切り、気持ちのささくれを拭(ぬぐ)いたい。

伴はシートにもたれ、深く息を吐いた。

「すごいため息。なんか飲んだらどうですか」

伴の意向も確かめずに恭子は手を上げてビールを注文した。

「あの件、謝ったんですか」

ああ、と伴は答えた。

「それで、さっぱりした顔をしてるんですね。やっぱり……宇奈木さんの顔が嫌いなんですか」

伴は右隣りの恭子の顔を見た。

「そういうことじゃない」

「好き嫌いはしょうがないことですよ」

「なんでそう思う」

「見りゃ分かりますって。宇奈木さんと話すとき、嫌そうな顔、してるもん」

「無表情が得意なんだけどな」

「修行が足りないんじゃないですか」

　伴は表情を変えずにひとつうなずいた。

「だとしても、やってはいけなかった」

「嫌いってこと、認めましたね。そうですよね。人は見かけじゃないって言うけど、あの人、性格も最悪ですよ」

「君になにが分かる」

「分かりますって。大会で会ったときなんか、イヤぁな目でじっとわたしを見るの。全身を舐めまわすような感じで。あれ、犯罪者の目ですよ」

「言い過ぎだ」

「わたしの意見です」

「秀英さんの愛弟子だぞ」

「わたしを見ておじいちゃんのことを思い出してるのかなって思ったけど。そうだとしても、あの目は……。人は見た目が九割だとか言うでしょう」

「三芳水産の選手は伸び伸びやってる。指導力がある証拠だ」

「殴っといて、なんで誉めるんですか」

「事実を言っているまでだ」

「監督とは対照的。三芳の部員、よく辞めないと思うな」

轟音の中で、ひどい言葉がぽんぽん出てくる。

「それに、なんかコメントも底が浅い」

「君にも分かるくらいなのか」

きりりとした目で恭子が伴を見る。

缶ビールが届いた。プラスチックのカップに注いで一気に飲む。すっと上半身の力が抜ける。ビールの炭酸が胸の澱を流してくれるようだった。

「あのとき……。普通に嫌味をぶつけられたら、なにも感じなかったはずだ。それなのに、神妙な顔で慰めてきた」

「それで、キレちゃったんですね」

伴はうなずき、二杯目のビールを注いだ。

「逆にムカつきますよね。絶対、心の中ではザマミロって思ってるんだから」

「もうやめよう。せっかくの雲の上だ」

「宇奈木さんも同じ雲の上ですよ。トイレに行ったときに出くわしたらどうします」

「そうならないように注意する」

「もし出くわして、お返しの裏拳が飛んできたら？」

「あいつはそういうことを絶対にやらない」

「卑怯(ひきょう)な人っていますよね。起こった出来事を、全部自分が有利になるように持っていく人」

「それも一種の才能だ。秀英さんなら、それを美点としてとらえるかもしれない」

「あ、そうか。そういうことか」

恭子の声のトーンが急に高くなった。

そして、わずかに残ったビール入りカップをさらって飲み干した。

「飲みたいなら追加しろ。ただし、空の上のビールは結構酔うぞ」

「一口だけでいいの。それより、おじいちゃんの作戦が分かった」

「作戦？」

「そう。おじいちゃんの教え子で、女子マラソンの監督になったのって、監督とあの人の二人だけでしょ」

「そうだ」

「二人は大学時代から仲が悪かったんでしょ」

「そう……でもない」

「おじいちゃんならお見通しでしょ。二人の仲の悪さ」

不仲を解くために、二人を同じ土俵である女子チームの監督に推薦したというのか。

恭子の深読みがほほえましく思えて息を吐き、伴はビールを追加した。

「生きてたら、怒るんだろうな。あの調子で」

生意気な、と伴が思ったときだった。

松葉杖で体を支えた城ノ崎優が二人の席の前に現われた。右足が包帯で膨れている。

心細げな声で席を代わってくれと言った。

「眠れないのか」

伴が訊いた。

「昨日ホテルでぐっすり眠ったから……一人でいると、恐くて」

身体は極限まで疲労しているのに、神経はオンになっている。悪夢は眠りが浅いときを狙って現われる。伴もしょっちゅう経験していることだ。

「監督、ファーストクラスで身体を伸ばしてきたら。いろいろ疲れたでしょう」

恭子が言う。城ノ崎優は口を一文字に結んでじっと伴を見ている。

そのとき、追加のビールがやってきた。

「恭子、ゆっくりしてこい。君も頑張った」

「別に頑張ってません。ただのアシスタントですよ」

「ビールを片手にファーストクラスに行くわけにはいかないんだ。あそこで飲むのはシャンパンと決まっている。だが今はシャンパンを飲む気分じゃない」

「じゃあ、ちょっとここに座って、ゆっくりしてから戻るといいよ。わたしはそのへんを散歩してくるから」

恭子が城ノ崎優に言った。

結局、恭子が席を移ることになった。ファーストクラスにしぶしぶ移動するというのも妙な話だ。

伴の右隣りに城ノ崎優が座った。マスクをして毛布にくるまっている。

城ノ崎優は自分の近くに居たかったのだ。そう伴は思った。まだまだ自分は女心が分かっていない。

城ノ崎優がなにかを話し出すまで、伴は噛み締めるようにビールを飲んだ。

リオオリンピックの翌年、関希望の穴を埋めるために伴は他の実業団チームから城ノ崎優を引き抜いた。以前から大会で顔を合わせていて、目を付けていたのだ。

城ノ崎優も伴に挨拶をした。そのときの羨望の眼差しを伴は見逃さなかった。自分が動けば城ノ崎優の気持ちも動く。そう確信した。そして伴の思いどおりになった。

城ノ崎優が所属していた実業団の初老の監督からは猛抗議を受けた。思い上がるのもいい加減にしろと直接罵倒された。しかし伴はまるで気にしなかった。城ノ崎優は自主性の強いランナーだ。自分のところにくれば彼女の長所をさらに伸ばし、メダルを獲らせる自信があった。

狭い業界だから伴の悪評は瞬く間に広がり、「女殺しの伴」と噂された。しかし伴は意に介さない。評判は関希望のリタイアで落ちるところまで落ちている。世間の評価を引っ繰り返すには、結果を出すしかないのである。

そして、城ノ崎優も伴の悪評を覆そうと無理を重ねたのだった。

しばらくすると、ささやくような声が聞こえてきた。

「ごめんなさい」

伴の右手の甲に城ノ崎優の左手がかぶさる。伴は掌を返して城ノ崎優の手を握った。柔らかく温かい手だ。こうして部員の手を握るのは初めてのことだった。人の顔を殴ったのも同じ右手だ。伴は右手に気持ちを込めた。

やがて穏やかな寝息が伴の耳に聞こえてきた。

8

到着ロビーの騒々しさは耳を覆いたくなるほどだった。

伴のもとにテレビカメラと記者が殺到した。

記者会見はドーハで済んでいて足を止める筋合いはない。しかし記者とカメラのスクラムが伴を閉じこめてしまった。

幹事役の記者が陸連広報に迫り、他の利用客の迷惑になるという理由で貸切の待合室に誘導された。伴と宇奈木、二人の記者会見である。城ノ崎優と齊田恭子は迎えのボックスカーで待機することになった。

部屋にはスポーツ紙が複数並んでいる。いくつかの新聞の一面に伴の顔が大きく載っている。顎髭がないせいで、自分の顔とは思えなかった。

準備が整う間、「バンカツ、暴行」と見出しが躍る一紙をつまんで目を通した。日本人トップでゴールした三芳水産の選手の写真は五百円玉大なのに、城ノ崎優がうずくまる写真が大きい。見出しと写真だけを見れば、伴が教え子に暴行したような印象すら受ける。

短いリード文に続く本文にさっと目を通し、伴はめまいを感じた。

「かおるかぜ化粧品陸上部のバンカツこと伴勝彦監督が、三芳水産の宇奈木誠監督の顔面を殴打した。ドーハで行なわれた陸上世界選手権女子マラソンでメダルを期待されたかおるかぜ化粧品陸上部・城ノ崎優がスタジアムに戻ったところでリタイアをするというアクシデントがあり、その苛立ちが宇奈木監督に向かったらしい（三芳水産・丸木初美は日本人トップの十三位）。バンカツと宇奈木監督は美竹大で箱根駅伝を走った同期である。被害者の宇奈木監督は『レース後に激励したら、手痛い返事がきただけ』と鷹揚に答えているが、どうみても暴行である。バンカツは東京オリンピックでのメダル獲得を期待されていて、陸連の対応に注目が集まっている。」

おおむねそのとおりだが、このまま読めば伴が宇奈木の顔面にストレートパンチをお見舞いしたようにも受け取れる。

陸連広報の男性が慌てた様子で伴に耳打ちをしてきた。最初に城ノ崎優の走り。次いで暴行について話せ。三十分の予定だから最初の件の応答に時間を費やせ、と指示された。

挙手した記者を指名する権限は司会者にある。まず、顔の知れたスポーツ記者がレースの総括（そうかつ）、城ノ崎優の現状を質問した。現地で一度答えたことを伴は簡潔に答えた。すると、指名されていない記者が勝手に立ち上がり、「これで大舞台でのリタイアは二度目ですが、そのへんの感慨は」と大声で言った。伴がしばらく考えていると、「三度目の正直を、われわれは期待できるんですか」と追撃（ついげき）してくる。

「次の機会に向けてベストを尽くします」

伴はそう答えた。口をわずかに動かしながら、胸に残った思いを反芻（はんすう）した。

二度目の失敗だの三度目の正直だの、分かったようなことを言うな。

マラソンはいつだってその瞬間（しゅんかん）にしかないものなんだ。

いつだって新鮮（しんせん）なものなんだ。どんなに経験豊富なランナーだって、そのマラソンに臨む初心者だ。スタートラインの前では常に初心者なんだ。だからマラソンは面白いんじゃないか。

勝利の方程式なんてばかげたものはない。もしそんなものがあるのなら、伴はマラソンの監督などやっていない。

伴は疲労と時差のせいで妙に強気になっていた。

しかしその強気も次第に萎んでいった。記者の中には、心底がっかりしたという顔がいくつかあった。日本中に同じような顔があるのかと思うと、さすがに伴も気落ちした。逆に日本中を歓喜させることもできたのだ。

そして、宇奈木への暴行の件に移った。

事実確認。情況の詳説。行為の理由。次々に質問が飛んでくる。伴はなにも装うことなくありのままに答え、何度も頭を下げた。

「次の機会に向けてとおっしゃいましたが、次の機会はあるんですか。監督辞任は考えていないんですか」

伴は息を詰まらせた。当然の質問だ。だがその質問を伴は想定していなかった。

黙り込む伴に、記者が追い打ちをかける。

「暴行ですよ。相手がいくら旧知の仲だからといって、不問に付されるのはおかしい。宇奈木さんが許しているとしても、それは伴さんを人間として許すってことでしょう。しかし、女子部員を束ねる身としては致命的行為です。監督を辞任するのが筋じゃないですか」

伴は自分の手の甲を見つめたまま、顔を動かすことができなかった。

「程度問題というのも筋が違いますよね。銀行強盗はダメだけど万引きなら許されるってもんじゃない。特に伴さんは有名人だし、影響力が違う。暴力は絶対にいけない。些細な暴力でもダメなものはダメ。ケジメをつけてもらわないと。そうでなければ、イジメの問題や、高校や中学の運動部の暴行の問題に示しがつきません」

正論が牙を剝いて襲いかかってくる。伴はなにひとつ抗弁できない。

なにを話せばいいのか。中学の野球部でシゴキを受けて動けなくなった梅雨の夜のように泣きだしたかった。

「伴監督は自分のことを甘く見ていますよ。来年は東京オリンピックです。伴さんの手腕に日本国中が期待しています。あなたは日本中の夢を実現してくれる男なんですよ。それなのに、それを棒に振るようなことをやってしまった。悔しくて仕方がありません。逆に言えば、伴さんはその程度の人間だったってことでしょう。ファンへの裏切りですよ」

マシンガンの弾を全身に受け、蜂の巣にされる。銃撃が激しすぎて立ったままで絶命する。そんな無様な自分を伴は思った。

「黙ってないで、コメントしてください。あなたには、その義務が——」

その時、伴の耳元でスタートのピストルが鳴った。

気づいたときには立ち上がっていた。記者が言葉を止める。

マイクを引き寄せ、伴は腰を下ろした。

「そのとおりです。監督を辞任します」

カメラのフラッシュで何も見えなくなる。伴の頭の中も真っ白だ。

魔が差してしまった。

伴は再び腰をあげた。

辞めると言った以上、この場に残る意味はない。

そのときに、「ちょっと待ってください」と絡みつくような声がした。

宇奈木がマイクを握った。

「売り言葉に買い言葉です。いくらなんでも、性急過ぎませんか。先ほどイジメにもつながると言っていましたが、この記者会見こそが伴へのイジメですよ。暴力はもちろんいけないことですが、ケースバイケースでしょう。それで日本の女子マラソン界を引っ張ってきた男を辞めさせてどうするんです」

宇奈木は伴に顔を向け、「まあ、落ち着け。座れ」と語気を強めた。伴はその言葉に従った。

宇奈木の奇妙な迫力に、記者たちはなにも発言しない。

「みなさんのおっしゃることは正しい。だけど、物事には情況ってものがある。そこまで伴が追い詰められなければならないんだったら、事実そのものを否定しますよ。わたしは伴に殴られてなんかいないってね」

　会場がざわついた。

「宇奈木さん、それはおかしいですよ。そうやって被害者が加害者をかばう。かばわざるを得ない。弱い被害者は殴られたことを隠す。イジメの構造そのものじゃないですか」

「わたしは弱い被害者じゃない。今回は男同士のやりとりです。そういうこと、皆さんにもあるでしょう。酒場で言い争いになったとき、つい手が出るなんて、みんなやることだ」

「親しい同期だから許されるってことですか」

「親しいから距離が縮まる。手を出せば顔に当たることもある。そういうことですよ。伴はきちんと謝ってくれたし、わたしが許してるんだから、いいじゃないですか。イジメの問題と言いましたけど、だったら暴行さえなければなにをやってもいいのか。言葉で詰ったり仲間外れにしたりと、むしろ陰湿なイジメのほうが問題でしょう」

　記者たちが黙った。

　理路整然とは言い難いが、宇奈木の絡みつくような口調には不思議な説得力があった。伴は目をつぶり、背筋を伸ばした。

「でも、みなさんの言うことはたしかに正論だ。しかし陸上長距離界は伴を必要としています。〝逆転の伴〟なんですよ。ここはひとつ、東京オリンピックまで結論を猶予してはどうですか。伴が期待に応えてくれるかどうか。そっちのほうがずっといいでしょう。もちろん、わたしだって伴に負けないように頑張ります」

予期せぬ助け船がやってきた。

「おい」

宇奈木が伴にささやいた。

「もう退場しろ。順位的にもウチの丸木のほうが上なんだ。あとはおれが話す番だ。記者のみなさん、それでいいですよね」

記者たちに聞こえるように宇奈木が話す。宇奈木の提案に会場中が肯定する雰囲気になった。

伴はうなずいて立ち上がり、最後に腰を折って頭を下げ、一人で部屋を出た。床を這っているような気分だった。

9

ほうほうの体で伴はボックスカーに乗り込んだ。

運転する陸上部部長も城ノ崎優も齊田恭子も、なにも言わなかった。

静岡の合宿所に戻って解散の予定だったが、都心に入って伴だけが下車した。

東京は秋晴れだった。乾いた青天がドーハとは正反対だ。こういうコンディションの中で城ノ崎優を走らせてやりたかった。

こういうときにはグラウンド脇の農道をジョギングするに限る。しかしそれは叶わない。ならば初秋のアスファルトをどこまでも歩こうと思った。

靖国通りを神田から東へ歩いているとき、伴の胸ポケットで音がした。画面に短い文章がある。

「まだ東京？　一杯付き合いましょうか」

別れた元妻の典子からのメッセージだ。

伴は立ち止まり、ビルの間の青々とした空を見上げた。シンクロニシティというものは本当にある。ふと典子のことが頭に過った瞬間、音がしたのだった。

典子とは季節に一度くらい会っていた。なにを話すわけでもない。表情を装わず、しょぼくれた顔をさらせるのは典子以外にはいない。別れてからのほうが伴の気持ちが素直になった。

その夜、いつものカリフォルニア料理の店で落ち合った。離婚後に典子が見つけた店だ。隅の丸テーブルでテラスを向いて並ぶと、他の客に顔を見られることもない。

ビールに口をつけて待っていると、典子は葡萄色のシャツに白のデニム姿で現われた。今の自分よりもはるかにスポーティだと伴は思った。

「光栄です。今、日本で一番の有名な監督と夕食を共にできるなんて」

典子はそう言って笑った。伴も頬を上げたが、うまく笑えない。時差と疲労とビールのせいで意識が揺らぎそうだ。だが懐かしい甘い香りに触れて、背筋が心地よく弛む気がした。典子もビールを頼んだ。

「やけにさっぱりした顔をしてるのね」

「どんな顔をしているのか、分からない。鏡を見るのもイヤなんだ」

「理由はどうあれ、露出が増えればファンも増えるんじゃないの」

「ファンなんていやしない。無能に加えて暴力のレッテルを貼られた。それと嘘つき。

ベタっと、音まで聞こえたよ」

「そんなもの、すぐに剝がせばいいじゃない。それに、あれは嘘じゃない。気持ちの動揺が口から出てきただけでしょう。好感が持てる。あれでまたファンが増えるわ」

「ふざけないでくれ」

つい大きな声を上げてしまった。

「ふざけてない。政治家でもなんでも、記者会見では絶対に辞めないって言うわ。視聴者はそのふてぶてしさが大嫌いなのよ。狡くて卑怯で尊大で傲慢。ついでに頭の悪さまで分かっちゃう。結局は辞任に追い込まれるのに、隠し通せると高を括ってる。視聴者はばかにされている気になるの。その点、バンカツは潔かった」

「潔くない。なにがなんだか分からなくなっただけだ。四十男のザマじゃないよ」

「今の男の精神年齢は実年齢の八掛けって言うから、三十半ばなら、まあそんなもんじゃないの」

典子の乾いた口調が伴の心に沁みた。

「なんで殴ったの」

「魔が差した……」

伴は右手をぶらつかせて、ノックするような仕草をした。

「あっち行けってことね。そこにたまたま宇奈木君の鼻があったと」

「頭の中でスタートのピストルが鳴った。そしたら手が出た」

「ランナーなら条件反射的に足が出るのにね。親しい間柄だからこそ、裏拳が鼻っ柱に届くのよね。でも、大人の対応をしてくれて良かったね。男の対応か」

二人の結婚式に宇奈木も出席している。伴は同期の悪口を典子にも決して漏らさなかった。

「その程度だったってこと、きちんと言えばいいのに」

「出血するほど殴ったのは事実だ」

「謝ったの」

「謝った」

「許してくれた？」

伴は小さくうなずいた。

「でも不思議よね。不祥事を起こして進退を問われたとき、辞めないって粘ると叩かれる。でも、辞めるって潔く言うと叩かれない。そういうこと、計算した？」

「まさか。考えとは別に言葉が出たんだ。自分でも驚いた。辞める気なんて全然なかったのに」

「中継を見ていた同僚が言ってた。伴さんは謝罪の要諦を心得てるって。言い訳なしで頭を下げて身を引くと言われると、許そうって雰囲気になる。傲慢な感じが全然ないし。それにしても、相手が宇奈木君で良かった。でも……こういうのを、盗人猛々しいって言うんだろうけど。バンカツが悪者って感じ、全然しないね」

「これでも反省してるんだ。感情が抑えきれなかった。まだまだだ」

「昔のバンカツなら、反省したかしら」

伴は黙って温いビールに口をつけた。

典子は同じ大学の馬術部員だった。大学時代に知り合い、伴が二十五歳のときに結婚した。媒酌人は恩師の齊田秀英だった。

しかし関希望が世界選手権で優勝した年の暮れに離婚した。子どもはいない。

典子はキー局のアナウンサーで、伴人気のさまざまな余波を受けた。取材は典子の元にも及ぶ。悪意の憶測も飛び交う。人も羨むような美男美女のカップルだ。嫉妬とやっかみが伴の妻に集中した。しかし典子はマスコミ人なので逃げ隠れはできない。

リオを目指す伴には、典子の気持ちと向かい合う時間がなかった。

離婚という人生の重大事すらも、伴の人気を煽る結果となった。悪妻と縁が切れて軽快にリオに乗り込む。そんなゴシップまでもが週刊誌に載った。国民の期待を一身に背負って夫が頑張っているときに離婚なんて、という論調だ。悪妻とはまったくの事実無根で、以前に伴が大病を患ったときには仕事を休んで献身的に看病をしたのである。

オリンピックで金メダルを獲るプロジェクトに、私情を挟む時間はない。伴は典子の後ろ姿を静かに見送った。

「昔は、外見に内面がまるで追いついてなかった。今はいい感じ。やっぱり病気のせいなんじゃない。大病は百冊の教科書に勝るって、本当なのね」

そのとおりかもしれなかった。

見舞いに訪れた秀英の言葉だ。オリンピックで金メダルを獲る。その目標が消滅して絶望していた伴に、秀英は監督という新たな希望を与えてくれたのだ。

ただし、秀英との会話は典子にも話していない。自分の胸の中だけにある。

「入院中に時代小説ばかり読んでいたでしょう。その面白さはなんなのかなってずっと考えてた。そのときにわかった。『どうやって生きるか』ってことが書いてあるから。どんな身分の登場人物でも、例外なく、必死にその時々を生きようとしてる」

「確かにそうだ」

「一度でも死に直面すると、どうやって生きるかってことを真剣に考えるんじゃないかな」

「そうかもしれない」

「今のバンカツは面白いよ。時代小説の主人公のようにね。ええと、なんの話をしてるんだっけ」

「時代小説の話。最近、特に面白かった小説のあらすじを聴かせてくれ」

典子は喉(のど)を見せて笑った。

ビールを一杯ずつ飲み、白のカリフォルニアワインをボトルで取った。瑞々(みずみず)しくて素晴らしいワインだった。アボカドとスモークサーモンのサラダが美味(うま)かった。いくら落ち込んでいても、美味いものは美味い。もし城ノ崎優がリタイアせずに勝っていたら。目の前の酒と料理はどのくらい美味いのだろうと伴は思う。

「それでさ。優ちゃん、やっぱりオーバーワークだったの」

「ほんの少しだけ、食事を削ったんだ。監督の注意不足だ」

「そうじゃなくて。危険水域を超えた原因。希望ちゃんのときと同じ?」

「マラソンに方程式なんてない。同じような結果に見えても、そのときにしかない理由がある」

「構造上、似たようなことが起こるって意味。監督のせいでしょう」

「そのとおりだ」

「監督がカッコ良すぎるのよ」

「こんなに無様な男はいない」

「希望ちゃんも優ちゃんも頑張り過ぎたの。バンカツを喜ばせたいと思ったの。身を削ってね」

帰路の飛行機での城ノ崎優の様子を伴は思い出した。

女子ランナーと監督の関係は、ランナーが強くなればなるほど親密になる。家族や恋人よりも長い時間を共にし、疑似恋愛に近くなる。とりわけチームのエースは、多くのランナーから選ばれた高揚があり、監督の期待に応えようとする。

だから、監督はエースの体調管理に細心の注意を払う。放っておくとオーバートレーニングになるから、走りを制限することが監督の役目と言っても良かった。

城ノ崎優の場合、トレーニングと全身のケアには問題はなかった。食事が問題だった。マラソンを走り切るためのエネルギーは十全でなければいけない。栄養バランスも大事で、ビタミンサプリメントなどを適切に摂る指導も最先端である。また単に栄養やカロリーの問題ではなく、なにをいつ摂るかというタイミングも研究が進んでいる。トレーニング後、何分以内にどの栄養素を摂るか。就寝前にはなにを口に入れるか。そういった研究は常に進歩している。一流のランナーなら誰でも、ランニングの知識と同じくらい栄養学に長けている。

しかし、トレーニングとは違って、食事に付きっきりになるわけにはいかない。城ノ崎優は食べるべきものを口に入れなかった。ただでさえ細い身体から、わずかに残った脂肪を削ぎ落とそうとしたのだ。

「気持ちは分かるよね。代表になるような選手は、トレーニングの内容は大差ないじゃない。みんなギリギリの練習をしてる。そこで抜きんでるとしたら、体重を減らすしかない。いつか言ってたじゃない。百グラムの差が、42・195キロではものすごい差になるって」

「秀英さんが言ってたんだけどさ。マラソンは男よりも女のほうが強いって。でも限界を超えると脆いのも女だ」

「秀英さんが生きてたら、今のバンカツになんて言うんだろ」

伴は首を横に振った。

「おまえはまだまだ女心を分かってない、とか。どんな内容でも、あの調子で言われたら、元気が出そうね」

「秀英さん、ときどき夢に出てくるけど、何も言わない」

「ただ、見守ってくれるの」

「いや。あの三白眼で、じっと睨みつけてくる」

典子は笑った。

「きっとこう言うわ。『おいバンカツ。なんで孫を出さなかった。恭子なら、あんなことにはなってない。まったくお前は見る目がない』って」

「リオのときも、割とストレートに怒られた。そのほうがありがたかった」

「秀英さんの孫を預かってるっていうのも、不思議な縁よね。次は、恭子ちゃんで行けばいいいじゃない」

軽い口調で言う。だが典子の声の調子がワインに溶け込むようで、伴の心は緩やかにほぐれていた。伴と典子の酔いの足並みが合っている。

白ワインを飲み切り、赤ワインをグラスでもらった。肉料理を食べ、伴の顔にいくらか生気が戻ってきた。

「この店、いいよね。どのワインも美味しい。偶然入ったけど、バンカツにぴったりの店なのよ」

「野菜が美味い。活性酸素対策にいい。油を使わない肉のグリルは合宿所のメニューの参考になる」

「カリフォルニア料理にカリフォルニアワインでしょう。49er（フォーティナイナー）じゃない」

「なんだそれ」

「ゴールドラッシュ。一八四九年、カリフォルニアに山師たちが集まってきた。彼らのことをフォーティナイナーって呼んだの」

「金の発掘か」

「昭和四十九年生まれでしょう。バンカツは昭和のフォーティナイナーなのよ」

「そんなこと、初めて言われた」

「そのおかげで、カリフォルニアワインが発展したって言われてるの。フォーティナイナーたちは採掘（さいくつ）のあとでワインを飲んで、疲れを癒（いや）したってわけ」

「おれも山師みたいなもんだ。金（きん）を目指してる」

「一発逆転に向けて、元気出た？」

　伴はほほえんでうなずいた。典子の励ましがありがたい。

　そういえば、と伴は恩師の顔を思い浮かべた。秀英はリオオリンピックの翌年に六十八歳で亡くなった。生まれは……一九四九年！　秀英こそフォーティナイナーではないか。

ようやく典子のことが話題に上った。伴は自分のことばかりを喋りすぎたと反省したが、典子はうっすらと笑顔を浮かべ続けた。典子は自分のことになると言葉数が減った。珍しいことだと伴は思う。多くの女性は自分のことを話したがる。部員たちも例外なくそうだった。

酔いが回り切らぬうちに店を出て典子と別れた。秋の夜の甘い香りが身体を包み込む。伴はタクシーを止め、静岡に戻るために東京駅へ向かった。

10

朝の風が甘く湿っている。秋の夜明けは穏やかだった。

伴の起床は毎朝五時。水とコーヒーだけを飲み、マウンテンバイクに跨がってグラウンドに赴く。そして四百メートルトラックをゆっくり二周走る。監督になって以来の伴の習慣である。

自分のためだけの時間だ。あとは午前〇時の就寝まで、頭にあるのは部員十人のことばかりだ。

伴はトラックを走る。

背筋を伸ばし、腕を直角に曲げ、足の着地に意識を集める。時速十キロ、息は弾まない。髪すらなびかない軽いジョギングだ。

思い切り足に力を込めて、風に喧嘩を売るようにスピードを上げたい。だがマラソン並みにピッチを上げると、四百メートルトラック二周などすぐに過ぎる。

そう考えると、マラソンの42・195キロはほどがいい。二時間以上、走る喜びを堪能できる。「映画も芝居もコンサートも、マラソンの面白さにはかなわない。見ていて、これほど熱くなれる二時間は他にあるか。不思議なことに、監督が一番熱くなれる。監督は当事者でもあり、観客でもあるからだ」と言ったのも秀英だった。

八百メートルをすぐに走り終えた。伴は足を止め、慎重に屈伸を繰り返した。そしてバックペダルで百メートル流す。わずか八百メートルのジョギングなのに念を入れたクールダウンが必要だった。

伴はトラックの真ん中に立ち、朝焼けを見つめた。

これからマラソンシーズンが始まる。秋は部員たちの移動で忙殺される。

トップの選手もそうでない選手も、それぞれが自分のレーンの主役である。伴は全部員のアシストに徹する。秋から冬にかけては、自分の時間などない。

そんな中で、東京オリンピックでのメダル獲りに挑む。

トライアルレースはあと三つ。十一月のさいたま国際マラソン、明けた一月の大阪国際女子マラソン、そして三月の名古屋ウィメンズマラソン。

オリンピック代表のキップはなるべく早く手に入れたい。しかし、さいたま国際は間に合わない。大阪国際がぎりぎりのセンだった。

右足の甲にひびが入ってしまった城ノ崎優は、レースに出場することはできない。

送り出すのは齊田恭子しかいなかった。

恭子には不思議な魅力がある。バレーボール選手だっただけあって部員の中でもひときわ背が高く、手足も長い。「日本人離れした」という形容をされることがある。伴に面と向かうと笑顔を見せないが、部員たちとは朗らかに談笑している。さっぱりとした女子アスリートだ。

ただし、内面が他の部員たちとは明らかに違う。

細い身体に強靱な意志が宿っている。それが鋭い目付きとなって外に向かう。その三白眼の鋭さは伴にだけ向けられる。

秀英と同じ眼をした恭子に対して、伴の意識が過剰になるのは仕方のないことだった。

秀英がいなければ、伴は今こうしてグラウンドに立っていることはない。

齊田秀英は陸連の元理事で日本陸上界のドンと言われていた。

長距離ランナーで元日本代表。一九七六年のモントリオールオリンピックでは八位入賞を果たした。引退後は母校・美竹大の陸上部監督に就任し、箱根駅伝を二度制する強豪に育てた。伴が卒業したとき、秀英は大学を辞して陸連理事となった。伴は秀英の最後の教え子だった。

強烈な存在感があった。身長は百六十センチと小柄だが相対する誰もが腰を低くした。伴もそうだった。

整った顔つきは美男の部類に入るが、目付きが鋭い。一重目蓋の三白眼。秀英は人と話すとき、相手の目を射るように見た。相づちも打たずにじっと見る。相手の瞳に映る自分の顔を睨んでいるようだった。陸上部員、マスコミの記者、陸連理事、政治家、誰に対しても同じである。その堂々とした仕草は多分に威圧的で、味方も多いが敵も少なくなかった。

かおるかぜ化粧品へは秀英がねじ込んでくれた。

「マラソンほど国民を感動させられるスポーツはない」

大学時代、秀英が頻繁に口にした殺し文句である。

「他のどんなオリンピック競技もマラソンにはかなわない。二時間強という時間がポイントだ。見ている者は、長い時間ランナーの頑張りに触れて感情移入する。まるで自分が頑張っているような気持ちになり、心から応援したくなる」

「感動の種類が違う。走り幅跳びや棒高跳び、あるいは重量挙げなどは、超人的な能力を見て感動する。短距離もそうかもしれない。見ている者は、とても自分にはできないと思う。しかしマラソンは少し違う。ひたすら走る。それは自分にでもできる。マラソンはもちろん苛酷な競技だが、走るという行為は誰にも経験がある。親近感があるから感情移入できる。マラソンを見る者は、ランナーの頑張りを自分の人生に重ね合わせるんだ」

「日本人ランナーが、世界の強豪を制して金メダルを獲れば、日本中が感動する。キングオブスポーツだ。スポーツだけじゃない。音楽や美術、映画や小説もマラソンにはかなわない」

ここまでは秀英が部員全員の前で話したことだった。その続きは、後に伴が秀英と二人きりになったときに聴かされた。

「マラソンを生業にすることは素晴らしい。選手でも、指導者でも。マラソンでメダルを獲ることは最高の社会貢献なんだ」

　伴は心から納得した。秀英の言葉の力強さに、つねづね思っていたことがストンと腑に落ちるように思えたのだ。

「スポーツで生きていくって、どういうことなのか」

　大学で練習に明け暮れていたころから、伴はそのことを考えていた。

　ほかの選手たちは、「スポーツで生きていく」ということを、どうとらえているのだろう。おそらく、それほど突き詰めて考えていないのではないか。競技の能力があって活躍の場が与えられれば、競争に多忙で面倒なことを考える暇などない。だが、たとえばプロ野球選手が二十代で球団から解雇されたときに、痛切に感じ入ることになるのではないか？　そう伴は考えた。

　箱根駅伝に出て実績をあげ、実業団チームに入ることになるだろう。目標をマラソンにシフトし、会社の看板を背負って練習に励む。しかしやることは中学のときから変わらない。気持ちを込めて一歩一歩足を出すだけだ。それなのに、会社から給料を支給され、社会人として立つことになる。

　そんな心境のときに、秀英の言葉が伴の胸に入ってきた。

　マラソンは男子一生を賭けるに足る仕事なんだ。自分は全身全霊でマラソンに突っ込んでいこう。そう伴は心を定めたのだった。

ではなぜ女子チームの監督なのか。監督就任当初、伴はそう思った。

その時も秀英の言葉が伴の疑問を解決してくれた。

「人は健気さに感動する。男子と女子を比べると、圧倒的に女子のほうが健気だ。特に日本人女子。海外の屈強な女性ランナーと競い合う姿は実に健気だ」

かおるかぜ化粧品に縁があったのは秀英の推薦だったが、マラソンという競技はオールジャパンなのだから、どの実業団に入っても同じだと考えた。

そして、「オリンピックで金メダルを獲れる監督は、おまえだけしかいない」と秀英は言ってくれた。

秀英の指導を受けられたのは、伴にとって僥倖だった。大学では秀英はいわば総監督で、普段の練習は現場の若いコーチが仕切っていた。しかし雲の上の存在という雰囲気ではない。秀英はレギュラーや控えの別け隔てなく、部員の話を聴いた。伴は一年生の五月に秀英と面接した。初の記録会での一万メートルのタイムを見ながら、

「君の今年のプランと、四年生になったときのプランを話しなさい」と言った。

「力をつけて、一年生で箱根駅伝を走りたい。四年生のときは信頼されるキャプテンになり、2区を走って優勝したい」と伴は話した。

言葉を出している最中、伴は秀英にじっと睨まれた。初めて触れる鋭い目付きは、突き付けられた拳銃のようだった。威嚇されて目をそらすことができない。瞬きすらできなかった。取り調べ室の刑事の目もこういうものなのだろうと思った。

話し終えると、秀英は目線を固定したままで言った。

「目標がはっきりすれば行動が決まる。それを叶えるために、逆算して計画を立てなさい。一所懸命に日々を過ごしなさい」

それで面接は終わった。十数分のことだったが、一万メートルを走り切ったような疲労感だった。

逆算して計画を立てる。練習プランを勤勉にこなし、タイムを縮める。箱根駅伝の枠に入るのは相対的なことで、六十名近い部員のベスト10に入らなければいけない。前に居るライバルを、一人一人抜くことだった。

ところが、そんな程度の意識ではまるでダメなのだった。

コーチは練習プランなど作ってくれない。全体練習は厳しくセットアップされているが、自己裁量の時間も多い。トラックを走ってもいいし、ジョギングに出掛けてもいい。ウエイトトレーニングをやってもいい。休んでもいいのだ。

戸惑うのは一年生だけのようで、上級生は黙々と自分のやることをこなしているように見えた。

伴は高校までずっと指導者の指示に従っていた。それが一転、大学では自主の精神が大きくなる。長距離走は自分がすべてだから、至極当たり前のことだ。高校から大学への進学は、従順さから自主へのギアチェンジの時期なのだと思った。それを短い言葉と鋭い目線で教えてくれたのが秀英だった。

伴は自分の特徴を冷徹に観察した。身長が百八十センチあり脚も長かったものの、そのせいで身体のバランスが悪いように思えた。せっかくの特長を生かす筋力が足りない。そこで文献を読み込み、トレーニングルームにこもった。腿やふくらはぎといった目に見える筋肉の強化も大事だが、インナーマッスルを意識して鍛えた。

フォームと足の蹴り出しを支える腹筋の強化は長距離ランナーには絶対不可欠である。回復力も強靭で、やりすぎて悪いことは何一つない。腹筋はランナーを裏切らない。伴はあらゆる方法で腹筋を鍛えぬいた。しかし、強いランナーならば、それは当たり前のことだった。

名ランナーや名コーチの書いた文献を読破したが、読み進むと必ず既知感が漂ってきて詰まらなくなる。違うスポーツのトレーニングを参考にできないかと伴は考えた。キーワードはバランスだ。練習や記録会で走っていて、バテてくると身体がよれてくるときがある。身体の軸が軟弱になってブレてくる。すると脚が強く出なくなり、走りのバランスが崩れるのだ。長距離走の特徴は左右の対称性である。体操や水泳が参考になりそうだった。

効果的だったのは相撲の四股だ。

四股はわざと不安定な体勢を取りながら下半身を強化する。左右の脚を上げ下げすることでバランスを取る。身体の左右どちらかに歪みやクセがあっても、四股を踏めばバランスが整ってくるという。解説本を見ながら四股を踏んでみると、思っていたよりもずいぶんとキツい。脚の裏を地面に叩きつけるようなイメージがあったが全然違った。脚は音を立てずにそっと下ろす。緩やかな動作なので筋肉を痛める危険も少ない。左右十回も四股を踏むと全身が疲弊した。伴は自分の考えは決して間違っていないと確信し、小躍りしたくなった。

しかし、伴はそれで事足りるとしなかった。我流ではいけないと考え、大学の相撲部員に四股を教わった。相撲部員の四股はゆっくりしていた。そのほうが数倍キツいのだ。左右一回ずつの四股に三十秒を費やす。片足を上げた不安定な体勢の時間が長い。百回踏めば小一時間だ。伴は夕食後、腹が熟れたら四股を踏んだ。同期の誰もが鼻で笑い、その効果を真に受ける者はいなかった。確かに長距離走と相撲とではイメージのギャップがあり過ぎる。

伴はまだ満足せず、もうひとつ身体バランスを鍛えるメニューが欲しいと考えた。走ることと四股を踏むこととはまた違う、メリハリのあるトレーニングだ。

大学のトレーニングルームにヒントがあった。乗馬マシンである。専属のトレーナーが言うには、「競馬の騎手は言うに及ばず、乗馬をやる人に太ってる人はいない」。馬に乗ると全身のインナーマッスルが鍛えられ、基礎代謝を上げて脂肪のつきにくい身体を作るというのだった。

これが壮快だった。激しく動く台座に身体を預けながら、内腿に力を込めて上体のバランスを取る。息はまったく上がらず、四股に比べるとキツさはゼロ。しかしマシンに三十分も跨がっていると、台座から降りたときに下半身の筋肉がピクピクと脈打っている。走り込みで酷使した脚を休めながら、全身バランスを強化できるのだ。

普通の部員は、ひたすら走り、補助として筋力トレーニングに勤しむ。伴の場合は二つの工夫を加えた。これで集団の先頭に出られると思った。効果を信じてトレーニングを続けた。

一か月もすると腹の下に力がこもり、下半身にずっしりとした自信が湧くようになった。乗馬トレーニングがままならない夏合宿では四股の回数を増やした。

この目論見は図にあたり、伴は夏を越えて、タイムも一年生でトップになった。

そのころ、秀英に呼び出された。二度目の面談だ。三白眼で睨み付ける仕草に変わりはなかった。

「フォームが安定してる。タイムもいい。ここまで、なにをやってきた」

伴が経緯を話すと、秀英は大きな掌をパンと叩いた。称賛の柏手だと伴は思った。

ただし目付きは鋭いままだった。

「おまえはすでに長距離ランナーの資格がある。具体的な目標を定め、それを実現する為のトレーニングを全部自分で考えて実行した。効果があることを身をもって証明した。凡百の者は自分の身体のバランスの悪さに気づかない。気づいたとしても、『どうすればバランスが良くなりますか』などとすぐに指示を仰ぐ。それじゃダメだ。安易に助けを乞うな。自分でとことん考えた末に、どうしても解決できないことだけを訊くべきだ。上から下から横から斜めから、東から西から北から南から、考えぬくことが大事だ」

伴の胸はときめいたが、迫力ある叱咤にも聞こえる。傍からは説教されているように見えるのだろうと思った。

「多くのスポーツ選手に、自主の姿勢が欠けている。特に長距離選手は自主が大事だ。

おまえは一つで満足せず、もう一歩踏み込んだ。だが満足するな。思考を止めるな。さらにもうひと工夫だ。すると、さらに強くなる」

秀英に誉められて伴のインナーマッスルがぶるぶると震えた。このとき伴は思った。考えさせて、答えが出せない部員は淘汰されるのだと。

「考えに考え、実行すれば、箱根に間に合う」

秀英は言った。さらに伴のインナーマッスルが震えた。一年生で箱根駅伝を走れるかもしれないのだ！

秀英の鶴の一声があったのかどうかは分からないが、伴は一年生でただ一人、箱根路を走った。

学年のエースとなっても伴は満足しない。二つの異種トレーニングで身体のバランスは確かに良くなった。だが、マイナスだったものをイーブン程度に引き上げたに過ぎないのではないか。身体のバランスをさらに強化することで、さらに速く走れるのだと思った。

暴れ馬のように台座が激しく振動する乗馬マシンの上級バージョンにもいつしか慣れた。身体がマシンの動きを予想してしまうらしかった。これでは進歩がない。本物の馬に乗りたかった。

美竹大には馬術部がある。すぐに馬術部主将に嘆願した。陸上の長距離選手は軽量でいいと歓迎してくれた。馬場は陸上グラウンドから七キロほどのところにあり、往復をジョギングするにはちょうどいい距離だ。馬の調教は早朝に行なうので、部の朝練習と重なる。そこで伴は秀英に相談に行った。

秀英は目の鋭いまま、大声で伴を褒め称えた。

「おまえは動きがいい。なにもかもを自分で決めて、最後に報告に来るところがいい」

伴は週に二回、集団を離脱した。陸上部の合宿所は多摩川傍にあり、早朝のジョギングは土手を朝日を背にして西へ走る。朝食前の軽いアップだが、唯一、部員全員で走るメニューだ。馬に乗るために、伴は多摩川土手を東へ走る。

手ほどきを受けて馬の背に跨がってみると、気持ちが華やいだ。視線が一メートルほど高くなる。これだけで新鮮な心持ちがした。当たり前のことだが、いつも同じ目の位置から風景を見ていた。それが変わるだけで清々しくなってくる。その視界がわずかに上下運動すると心も弾む。

馬は人間のわずかな動きに滑らかに反応する。人間の気持ちを馬は分かってくれる。じっくりと跨がらせてもらい、ようやく少し速く走れるようになったときには、資格試験に合格したような気持ちになった。自転車とも車とも違う疾走感。馬と人が一体になる温かさ。たてがみの匂いを嗅ぎながら風を突き抜ける爽快さ。なにもかもがすばらしかった。

馬に乗ることで、地に足をつけたトラックの練習への意識も変わってきた。頭に焼きついた疾走感。そこに少しでも近づけると思うと、走り込みの厳しさが風に飛び散るように思えた。

身体バランスを強化するために乗馬にたどり着いた。そんなランナーは自分だけだと伴は自画自賛した。

週に二度の特別トレーニングが待遠しかった。

松代典子は一年上の馬術部員だった。典子が伴の乗馬の手ほどきをしてくれた。典子は伴の顔を知らなかった。箱根駅伝は視聴率三十パーセント近いテレビ中継だ。一年生ながら襷をつないだ伴は、そのルックスの良さもあっていきなり注目を浴びたのだ。学内では伴を知らぬものはいなかったから、典子のそっけない反応に落胆した。正月でも馬の世話があり、中継を見る暇がなかったらしい。

背筋の伸びた典子の乗馬姿は颯爽としていた。馬の首をさする様子が優しげだった。

伴は女性と付き合ったことがなかった。大学に入っても学部の女性と話す暇もない。

それを同期に話すと、「超イケメンには、女も腰が引けるんだ」と言われた。しかし他の同期の言葉にははっとさせられた。「おまえは自分が好きなんだ。どんなにいい女が現われても、自分の顔のほうが美しいと思ってる。その高慢は女にも伝わる。アイドルや俳優にも、そういうメンタルが多いらしいよ」などと言う。

そんな言葉に反発したわけでもないが、大学生活は自分の走りを磨こうと決めた。伴が典子にひかれたのは、馬のおかげだと思う。馬場の雰囲気に伴の気持ちは高揚した。全身に優しい気持ちが満ちていた。そこに典子がすっと入ってきた。

伴が二年生の夏には、二人は付き合いだした。

典子はアナウンサー志望で授業や部活動の他にもアナウンスセミナーに通っていた。目が回るほど多忙だが、一所懸命に一日を過ごすことが心地よいと言う。その心境にも共感できた。伴がひかれるくらいだから男付き合いも多かろうと勘繰ったが、そうでもないと言う。

典子もアスリートだった。高校のころからゴルフをやっていて、馬術部かゴルフ部か入部を迷うくらいの腕前だ。乗馬もゴルフも体得が難しいスポーツの代表格だろう。典子の話を聴いていて、スポーツで大事なのは身体のバランスなのだと伴は思った。走ることは誰にだってできる。足を交互に出せばいい。時間をかけて練習すれば心肺機能が発達して誰でも長距離を走ることができる。だが競技として突き詰めていくと、最後は身体のバランスが物を言うのだ。

典子とは学部も違い、キャンパスで会う機会がない。しかし早朝の馬場で会える。それだけで伴の気持ちは満ち足りた。

伴は東の空を見つめながら秀英のことを思った。こうしているとずっと秀英の思い出に浸(ひた)っていられた。だがもう合宿所に戻らなくてはいけない。七時に部員たちと朝食を摂(と)る。食べるときの部員の様子を定点観測する。伴には部員たちの箸(はし)の動かし方でだいたいの体調が分かるのである。

マウンテンバイクに跨がりペダルを漕(こ)ぐ。時速二十キロで風を切る。やはりこのスピードがしっくりとくる。現役時代に戻った心持ちがするのだった。

11

齊田恭子には従順さがない。

バレーボールからマラソンにシフトした駆け出しだから、監督の競技指導に対しては、目付きは鋭いものの一応はうなずく。しかし、その表情には他の部員のような素直さがない。多くのことを拒否する目だ。そして実際に拒む。

最たる例がひどい偏食だ。

嫌いなものが一つや二つではない。むしろ食べられるものを数えるほうが早いくらいの偏食ぶりである。

とろりとした粘りのある物が食べられない。

卵がだめ。味噌汁もわかめが入るとだめ。ご飯は普通に食べられるが、炊きたてのねばねばした食感を嫌った。トーストはバターを塗らない。しかしぱりっと焼いたクロワッサンなら喜んで口にするからわけが分からない。鰻が好物。香ばしく焼いたものはいいのだった。

アスリートが好むバナナもだめ。スムージーもプロテインドリンクもだめ。肉類は鶏肉が食べられない。鶏皮がズルリと肉から滑り落ちる食感がだめなのだ。納豆やとろろなどもっての外で、麻婆豆腐もかに玉もスパゲティ・カルボナーラも食べられない。アレルギーというわけではなく、単に嫌いなだけと言う。さっぱりと乾いたものでなければ口に入らないのだった。

ここまで極端な偏食は珍しく、それで一級のアスリートなのだから感心するしかない。

極端な嗜好のおかげで恭子は栄養学を独学した。好き嫌いを是正するという方向ではなく、嫌いな物は嫌いだと受け入れる。そのうえで不備を補う工夫をする。バランスの取り方がいい。入部当初、伴と恭子の会話は食物に関することばかりだった。好悪の激しさはなにも食べ物に限ったことではない。自分が恭子に好かれていないのは無理からぬことだ。伴はそう思うことにした。

午後の練習を終えた夕食前、事務所に三白眼が入ってきた。

「練習メニューを、変えます」

伴の前に歩み寄ると、いきなり齊田恭子は言った。

「わたしが東京オリンピックに出ます。試合のローテーション、再考します」

伴は息を呑み込み、恭子の目を見つめた。

激しさを抑え込んだような強い目線。秀英と同じ目だ。かつてはこの目に対峙すると、こちらの目線を弱めるしかなかった。

しかし今は違う。伴は背筋を伸ばし、瞬きをせずに恭子の次の言葉を待った。

「優ちゃん、頑張ったけど。監督の選択に文句はありません。でも結果は結果です。

そこはきちんと修正しましょう。今度はわたしが先頭に立ちます」

言葉の一つ一つが強い。

恭子は監督に寄りかからない。他の部員ならば、「練習メニューを、変えてください」、「大会へのローテーションを、再考してください」と言う。進言するだけでも一流ランナーだと言えるが、結局は監督の意向に従順になる。

ところが恭子は練習メニューを変えるために相談に乗れと迫る。

「本番まで時間がありません。せっかくの東京開催なんだから、やれることはやっておきましょう。コースの試走も、最低十回は。日本代表の特権でしょ」

東京オリンピック女子マラソンの代表になる。そのためにはチームのエースにならなくてはいけない。エースにはエースの練習プログラムや、試合のローテーションがある。そういうことなのだ。目標から逆算して今を考えている。恭子の強い気持ちが伝わってくる。

さらに、「東京オリンピック女子マラソンで金メダルを獲る」が目標ならば、今このときの過ごし方が変わってくる。

伴は立ち上がり、壁に立てかけたパイプ椅子を持ってきて恭子を座らせた。

「早く決めましょう。そうしないと、金メダルなんて獲れませんよ」

マラソンの準備は大会にエントリーしたときから始まる。出場が決まればさらに気合いがみなぎる。オリンピックならばなおさらだ。

東京オリンピックのコース試走は、同じ季節の同じ時間帯にやったほうがいいに決まっている。しかし一年前にそれをやるランナーはいない。走ったところでやはり本気度が薄れてしまう。

それをなるべく早くやりたいと恭子は言っている。

「君が入部してきたときに話したこと、覚えているか」

は？　という顔をする。

「なぜマラソンが好きか。そう聴いたな」

「もちろん覚えてます。記憶力、いいですから」

「君はこう答えた。まだ好きかどうかも分からないって」

恭子は頬を上げて首を微かに傾げた。愛敬のある仕草には違いないが、三白眼のせいで可愛げがずいぶんと割引されている。

「君にはそういう人を食ったところがある。さて、一年経った今、同じ質問をしよう」

「難しいもんだなって思います。何度走っても、慣れることってないし」

「好きか嫌いかは？」

「嫌いなら、今こうしてここにはいません」

こうして恭子と話していると、ときどきボクシングの試合をしているように伴は思える。ジャブにはジャブが返ってくる。

「どこが好きだ」

「いくつかありますけど、なんかそういうのって、言葉にしちゃうと、それに納得して縛られちゃうみたいで」

「そう構えずに、いくつか挙げてみたら」

「タイムがはっきり出るから、成果が目に見えるところとか。走るだけのシンプルな競技だけど、結構奥深いみたいだし。あとは……」

「あとは？」

「練習が、納得できるものばかり。なにもかもが42・195キロを強く速く走るための練習でしょ」

伴は二度うなずいた。

大学まで厳しくバレーボールをやってきた恭子の言葉には深い実感がある。

野球でもサッカーでも、試合で最高のパフォーマンスを発揮するために行なう練習はある。だがそれ以外の体力練習も多すぎるように伴には思えた。バレーボールの練習には、いわゆる根性メニューも多かったに違いない。

「バレーボールでは、納得できない練習も多かったのか」

「はい。でも、そういうもんですから。そういった面では、マラソンはちょっと物足りないところもあるかな」

意外な言葉に、伴は口をつぐんだ。理不尽な練習に嫌気が差し、マラソンに転向したのだとばかり思っていたのだ。

「今、そういう根性主義みたいなものって、否定されてる感じじゃないですか。でもあれはあれで、良い面もあります」

「興味がある。どのへんが良いんだ」

「チームワークが固まります」

伴はうなずいた。

「一緒に猛練習すると、みんなの本性が分かります」

「ほう」

「そういうのって、極限までやらないと分からないでしょ。理不尽に辛い思いをしたとき、人間の本性が顕れます」

「面白いな。でもそれは、大学のバレー部のように、世界を見据えた強い選手が集まってることが前提だ」

「わたしの経験ですから。低いレベルの選手の気持ちは、分かりません」

「猛練習がチームの結束を固める。どんなチームスポーツでも、それが唯一の方法だと考えられてきたと思うんだよ。練習は勝つための手段なのに、いつしか猛練習が目的になってしまう。たしかに、気力や根性や忍耐力のレベルは上がるけど、それは修行と一緒だ。スポーツじゃないよ」

「いや。修行は苦しいものだが、本来スポーツは楽しいものだ。精神面だけの猛練習は、楽しむためにスポーツを始める人たちへの裏切りだと思う」

「でも、負けることが、一番楽しくないことですけど。だけどいつも勝てるわけじゃないから、負けても納得できるくらいに練習しないと」

「そこだよ。猛練習が目的化すると、『人事を尽くして天命を待つ』という心境になる。負けたときには、全力を尽くしたから仕方ないという自己正当化につながる。個人やチームのレベルを上げるための合理的な方法があるはずなのに、それは棚上げされる。それがおれは嫌いなんだ」

「マラソンの練習は、そうじゃないんですね」

「バランスだね。猛練習に近い追い込みもある。でも常にやるわけじゃない。ベースにあるのは合理的な練習方法だ」

話が思わぬ方向に転がっている。しかしこれはこれで面白いと伴は思う。恭子の心の中が垣間見られる気がしたのだ。

「そっちのほうが、難しいんでしょうね。合理的方法って、個人差もあるだろうし。それを監督がアシストするわけですね」

恭子は勘がいい。猛練習は一方的に選手を型に嵌めるだけで、指導者にとってはラクなのだ。

「でも、その合理的練習をやっても、リタイアとかしちゃうわけですね」

「厳しいことをズバリ言うな。まあ、そこもバランスだ。難しいから面白いとも言えるんだけどね」

マラソンの監督の一番難しいところは、ランナーの不調への介入である。膝痛を抱える部員には、その痛みの原因がなにか、ケガか、疲労の飽和状態か、フォームに由来するのか、栄養面での不備か、的確に見抜かなくてはいけない。

「じゃあ監督は？　監督って職業、好きなんですか」

恭子が言った。

逆質問をするとは。しかし監督と選手の関係ではなく、普通のアスリート同士の会話ならば、当然の問い掛けかもしれないなと伴は思い直した。

「嫌いなら、今ここにいない」

「そりゃそうですよね。どこが好きですか」

「選手の頑張りを近くで見てると背筋が伸びる。生意気な部員と話すこともそれほど悪くない。なにより、やっぱりマラソンが好きなんだな」

「マラソンの、どこが好きなんですか」

「スタートラインに立つときの気持ちだな」

「どういうことですか？」

「マラソンは準備のスポーツだ。準備に最低三か月かかる。スタートラインに立ったときに自信がみなぎっていれば、すでに自分に勝っている。あとは走るだけ。二時間強は苦しいけど、あっと言う間に過ぎ去る。こんな競技、他にはないよ」

「でもそれって、市民マラソンレベルの話でしょ。わたしたちにとっては、そんなこと当たり前で、そこからメダルを争うんだから」

「競技者も市民ランナーも、どちらにも準備の大切さがベースにある。そこが大人の競技と言われる所以だ」

「準備する楽しさ……ですか。ああ、そうか。そういうことなんだ」

恭子の目が、ふわりと柔らかくなった。

「今、分かった」

「なにが分かったんだ」

「夏休みですよ。夏休み、楽しかったでしょ」

伴は口を結んでうなずいた。

「あれは、そういうことだったんだ」

「あれとかそれとか、よく分からないな」

「準備ですよ。小学五年のとき、六月くらいかな。五、六年でプール掃除をしたの。もちろん先生たちも。水を抜いて、デッキブラシでプールの底を磨いてね。プールにはヤゴがいっぱいいて、男子がヤゴを持って女子を追い回したりして。ワルガキがヤゴを女の先生に投げつけて、キャーなんて叫び声をあげちゃったり。きれいになったプールの底に、みんなで寝転んでね。プールの底から見上げる太陽は眩しかった。掃除って楽しくないのに、プール掃除だけは楽しかった」

伴は二度三度とうなずいた。水しぶきの中で子供がはしゃぐ。そんな情景が浮かぶようだ。

「あれって、夏の準備でしょ。体育でも水泳をやったけど、楽しい夏休みのプール時間の準備ですよ。午前中は低学年、午後は高学年とか泳ぐ時間が決まっててね。クラスのおバカな男子が午前中に行って『おまえは高学年だろう』って怒られてた。待ちきれなかったのね。でも、その子はそのままずっと泳いでた。プールが楽しかった。そんな楽しさが、年を取ると減っていくような気がして。その後はバレーの練習がキツくて、夏休みが嫌いだったし。なんかもったいないですよね。でもマラソンを始めると、ちょっと変わってきた。苦しいのに、ちょっとだけ楽しい。その楽しさってなんだろうって、ずっと考えてたの。それが今、分かった」

恭子が嬉しそうな顔をする。伴がつられて顔を崩しそうになるほどの素直な笑顔だった。

「マラソンは夏休みの準備か。いいことを聞いた」

「そう。マラソンランナーには夏休みを迎える楽しさがある。永遠の夏休みですよ」

伴は何度もうなずいた。頭と口だけから出てきた言葉ではない。身体中から発する説得力がある。

国を背負って走っていたときには頭上に至福の太陽が輝いていた。それが大病を患って走れなくなり、自分の人生の夏は終わったと思った。あとは秋を待ち、冬だけの生涯を過ごすのだと心を細らせた。

だが、もちろんそんなことはなかった。どの生業にも真夏の季節がある。複数のランナーと精神的に伴走する女子マラソンの監督は一年中が夏だ。恭子が言うようにいつでも夏の準備をしている。

だから自分は監督という職業が好きなのだ――そう伴は思う。

「二〇二〇年の夏の準備したいんです。提案なんですけど。コースの下見って意味合いも込めて、本番と同じコースを六時間くらいかけて歩きませんか。監督、走れないし」

「本番と同じスピードで走りたいところだがな」

「信号もあるから、仕方ないですよ。坂のアップダウンとか目印になるビルとか、それが分かるだけでいいじゃないですか。二人で歩けば、気が付くことも二倍になります」

「そうか、二度行けばいいのか。一度目はスタート時間に合わせて七時半に国立競技場を出る。二度目のスタートは折り返しの浅草にして、八時半過ぎに出る。いや、三度だ。最大の難所が終盤の外堀通りだ。ここを想定時間のとおりに走っておきたい。

九時半過ぎだな」

「工夫すれば、なんとかなりますよ」

三白眼の迫力に背中を押され、伴の身体に生気がみなぎってきた。

三日後の日曜日、伴の運転するバンに乗り込み、午前五時に静岡の合宿所を出た。午後二時には帰路に就ける。日帰りが可能なスケジュールだ。

帯同メンバーは城ノ崎優を除くAチームの四人。Aチームが揃って行くと聴いて、恭子は口を尖らせ、目を険しくさせた。

本番に合わせ、午前七時半に国立競技場前をスタートした。爽やかな秋晴れの休日だ。

東京オリンピックの特徴はカーブの多さと高架の多さだ。特に高架。鉄道や高速道路の下を片道十六回も潜る。世界のマラソン大会と比べると風景が雑然とし過ぎているが日陰も多く、ランナーにとってはありがたいコースかもしれない。

緑の多い国立競技場を出て北上。新宿通りを右折し、四ツ谷駅を左に入って外堀通り。市谷、飯田橋を過ぎ、東京ドームを左に見て、水道橋を右折。

ここから白山通りを皇居まで南下する。皇居に出ると視界がぐっと広くなる。

そのまま祝田橋、日比谷を曲がり、東京タワーを横目に左折すれば大門に至る。ここで第一京浜を北上。新橋、銀座、日本橋を行き、神田を過ぎたところで靖国通りを右へ。

総武線と並走するように走って浅草橋交差点を左折。隅田川と並行して江戸通りを北上すれば折り返し地点の雷門だ。

東京タワーと東京スカイツリーを目標に往復するように作られたコースでよくできている。見事なくらいにアップダウンが少ない。スタート直後の外堀通りがやや急な下りが続くくらいで、あとは穏やかな平地だ。ということは、復路の外堀通りはキツい上り坂である。三十五キロ過ぎの一番つらいときに、最大の難所が訪れる。ちょこちょことカーブを曲がるが、最後は力勝負になる。本当に力のある選手が勝つようにセッティングされている、いいコースだと伴は思う。

コースが広くて真っすぐになる場所では軽くジョギングした。この試走は図に当たった。日曜日の朝で人通りは少ないものの、歩道を流すには配慮がいる。二列縦隊で進むのだが、後楽園から神保町に向かう白山通りは歩道が狭く、ウォーキングを余儀なくされる。そこを過ぎると皇居に出て伸び伸びと走ることができる。東京オリンピックの試走はウォーキング&ジョグに限る。

秋の空気は爽やかだったが、六時間ウォーキングはほとほとに疲弊した。スピードを上げて足を出すほうが疲れない。

浅草から戻って靖国通りを歩いたとき、神田を左折して銀座に向かうところを、伴だけは直進した。両足のふくらはぎに痙攣（けいれん）が出て、途中を端折（はしょ）ったのだ。神田から神保町はすぐだ。東京オリンピックのコースはずいぶんと遠回りをする。

伴は立ちどまり、部員たちの細い背中を見送った。

12

伴は悪夢に襲われる。三年前のリオオリンピックの光景だ。決まって関希望（せきのぞみ）のリタイアの瞬間を切り取ってくる。声を張り上げているのに声が出ない。脚を出しているのに前に進まない。倒れている関希望に近づけない。

それは明け方にやってくる。伴の起床は午前五時だが、悪夢を避けるために起床を早めても見るものは見る。

同じ場面ばかりだから、夢を見ている自覚はある。それでも、起きてしばらくは夢と現（うつつ）の区別がつかず、当時と同じように全身を震わせた。季節に関係なく脂汗（あぶらあせ）をかいている。この三年、伴は爽やかな目覚めとは無縁だった。

胸が軋むほど辛いことだが、ここに身体の痛みが加わることがある。

足の痙攣だ。

伴が現役時代に罹った難病、ギラン・バレー症候群の後遺症である。

伴が三十歳の冬に発症した。

風邪を引いてしまったもののすぐに治った。しかしカラ咳が止まらない。同時に激しい下痢に襲われた。その二日後に、急に身体が動かなくなってしまった。

全身がだるくて早めにベッドに潜り込むと、朝方には病状が急速に進んでいた。先に足が動かなくなった。足が動かないと寝返りも打てない。尿意で目覚めたものの、ベッドから出ることができない。まだ指がわずかに動き、枕元の携帯電話で典子に連絡を取ることができた。結局、小用はベッドの中で済ますしかなかった。

手足が麻痺し、動かなくなる。首や顔は動き、声も出せるが、四肢が動かせない。痛みはまったくなく、まるで手足のスイッチが切れたような状態だった。手足を触れるとその感触はある。しかし動かせない。体験したことのない症状だった。

伴は初めて救急車に乗せられ、病院に担ぎこまれた。ギラン・バレー症候群という病名を告げられたとき、悪い冗談だと思った。一か月後に控えたマラソン大会にエントリーしていたのだ。

ギラン・バレー症候群は五万人に一人という難病だという。風邪を引いたときに体内にできる抗体が、ごく稀に誤って手足の運動神経を攻撃してしまう自己免疫疾患だった。

命に別状のない場合が多く、おおむね快方に向かう。しかし詳しい原因は分かっていない。

あれやこれやと検査が煩雑だったが治療は簡単だった。免疫製剤を点滴するだけ。あとはじっと回復を待つのみだった。早く治しリハビリに励み、とにかく走りたかった。

だが、主治医は目をつぶって首を横に振った。

「はっきり言っておきます。骨や筋のケガとは違って、リハビリを頑張ればいいという疾病ではありません。運動神経の麻痺の回復は、自分の意志ではどうにもならないのです。症例の少ない難病なので、なにをどうリハビリするかという指針もありません。数か月で歩けるようになりますが、走ることはできません。そのときがくれば走れます。それがいつ訪れるのかは誰にも分かりません。絶対に焦りは禁物です。あなたみたいなトップアスリートほど危ないのです」

走ることはできない――。そんなことがあってたまるか。伴は胸の中で叫んだ。

「以前、大相撲の力士を担当したことがあります。百四十キロあった体重が百キロを切りました。経過も順調で、三か月で退院しました。彼は髷を切らずに角界に戻りましたが、絶対に無理をするなと約束したんです。しかしやはり焦ってしまった。四股を踏んでいる最中に両足が痙攣を起こし、病院に担ぎ込まれました。重度の筋断裂でした。それで彼は髷を切ることになった。四股はハードなトレーニングです。あれほど言ったのに、彼は焦ってしまった。それがプロのスポーツ選手なのかもしれませんが、疾病に対して素直になる気持ちも持ってください」

主治医が静かに語る。しかしその一言一言が強烈だ。

「……マラソンは、無理ということですね」

「肉体の限界に挑むような競技は諦めてください。三倍くらいの時間をかけて、ゆっくり完走するようなマラソンなら、可能性はあります」

その瞬間、マラソン日本代表・伴勝彦は死んだ。

「私も、あなたの活躍は知っています。一生分、走ったのかもしれません。ありきたりな言葉ですが、神様がくれた休養だと思って、気持ちをゆったりさせてください」

その神様は、何の神様なのだろう。マラソンの神様に見離されたことだけは確かだった。

長距離ランナーに付き物の脚や腰のケガではなく、リハビリの方法が確立していないようなわけの分からない病気で競技を断念せざるをえない。ゆったりするどころではない。伴の心は砕け散った。

典子は仕事を休み、当面の世話を担った。だが、伴はひたすらベッドに横たわっているだけ。それでいて重病である。普通のケガや病気は痛みに耐え、それを乗り越えることで快方に向かう。ところが伴の罹った病は痛くも痒くもない。心だけが焦り、疲弊した。必要な栄養は点滴で摂っているものの、身体中の筋肉が落ちてしまった。膝頭がぶつかって痛い。親指の付け根の肉がえぐれている。そういうひとつひとつのことに絶望した。動かさない筋肉はすぐに落ちる。ただでさえ細い身体がガイコツのようになってしまった。

当時、伴は実業団チームにいたが、見舞いは峻拒した。コーチや同僚に無様な姿を見せたくなかった。

それでも口だけは激しく動く。いらだちが募り、初めて典子に八つ当たりをした。少しでも予定の時間に遅れると罵倒した。気持ちの醜悪さを思い切り典子にぶつけてしまった。

大学時代の恩師、齊田秀英だけが病室にやってきた。

秀英は「一生分走ったな」と言った。ランナーが重篤なケガをしたときの常套句なのかもしれない。だがそれは「おまえは終わった」と言っているのと同じだった。

目線を合わせず天井を見つめる伴の傍らで、秀英は小説を朗読するように、淡々と話した。

「人間は夢を持っているかぎり、いかに悲惨な情況が訪れても、ほとんどの困難に耐えられる。特におまえのように若い場合はなおさらだ」

どこの本にも書いてあるような、ありきたりの励ましだ。ただ、秀英の重厚で含めるような口調で話されると、伴の気持ちは少しだけ柔らかくなった。

しかし、続く秀英の言葉は、絶望の淵で爪先立ちしている伴を、背後から棍棒で殴り倒すようなものだった。

「手の施しようがないのは、それまで自分が努めてきたことのすべてが、無意味だったと思い知らされることだ。それが、今の伴勝彦だ」

伴は思わず秀英を見た。首を左右に動かすことはできるのだが、やはり動きが遅い。それでも恩師の顔を睨み付けずにはいられなかった。

「怠け者だってそれなりの夢があれば生きていける。しかし、強い鉄ほど脆い。一所懸命に、突き詰めてやればやったほど、それが無意味だったと思い知らされた瞬間、もはや立ち直ることはできない」

あれほどの走り込みが無意味になった。強く走るための独自の工夫が消え去った。なにもかもが終わった。

絶望の中で、伴はなぜだか中学の野球部員の自分を思い出した。あのバカげた猛練習の日々。陸上部に入り直したときに、あれは無意味だと唾棄(だき)し切り捨てた。陸上部に入ったことが希望だった。

今は中学のときよりもひどい。あらゆる工夫をして気持ちを入れて人の三倍は頑張ってきたマラソンの練習が、バカげた猛練習と同じように無駄になってしまったのだから。

秀英はわざわざとどめを刺(さ)しにきたのか。

伴は混乱の中で泣いた。頰を伝わり落ちる涙が痒(かゆ)くて不快だった。だがそれを拭(ぬぐ)うことはできない。自分は地獄(じごく)にいると思った。

もう立ち直れない。

文字どおり、もう立つことができないかもしれない。

走れない伴勝彦なんて生きている意味がない。

死ぬしかない。

秀英は介錯に訪れたのだ。そう思った。

どうせ死ぬのなら、マラソンを走り切った直後に死にたかった。

ベッドに寝たきりで、どう死ぬのか。点滴を引き千切れば死ねるという病気でもない。手足が動かないと死ぬことさえできない。

秀英の声が途切れた。

もう首は刎ねられた。屍にかける言葉は要らない。

伴の頰の涙を、秀英がハンカチで拭ってくれた。そしてまた話し出した。

「人間が生きていくうえで、一番大事なことはなんだ。今言ったとおり、希望だよ。希望が絶えたとき、人間は生きていけなくなる。今のおまえに必要なのは、新たな希望をもつことだ。確かに伴勝彦はマラソンランナーではなくなった。しかし、マラソンをやめることはないんだ」

「監督」

思わず声が出た。自分の耳で聴いたことのない涙声だった。

「そうだ。それだ。その監督だ。おまえは監督になれ。指導者になって、夢をかなえろ」

「監督……」

「いつも言ってるだろう。マラソンほど人間を感動させられるスポーツはない。特に日本人はマラソンが大好きだ。おまえは指導者として金メダルを獲れる男だ。オリンピックの金メダリストを育てろ。日本中を感動させるんだ」

　感情が抑えきれず、伴は泣くに任せた。

　ギラン・バレー症候群の治癒は足よりも手が先になる。なんとか手が動くようになるとマラソンに関する文献を読み漁った。ページをめくる指が疲れればパソコンでネット検索をした。ベッド脇のテーブルに本が積み重なるにつれて、伴の気持ちが熱くなってきた。

　数多の文献を読むうちに、女性ランナーの著作やその指導者の育成法が伴の琴線に触れた。ただし、どの本の内容も一般読者向きに易しく書かれていて、伴には物足りない。特にランナーが書いたとされる本は指導者を誉めた文面ばかりがハナに付いた。綺麗事だけでは世界を制することはできないはずだ。

　秀英は「指導者になれ」とだけ言ったが、そのとき伴の頭に浮かんだのは女子ランナーたちだった。なぜだかは分からない。秀英も同じことを思っていたようで、母校で数年間コーチを勤めた後で秀英に紹介されたのが、かおるかぜ化粧品陸上部だった。

「人は健気さに感動する。男子と女子を比べると、圧倒的に女子のほうが健気だ」という秀英の言葉に感じ入ったこともある。だがやはり母親への思慕が大きいと伴は思う。

母親は二十三歳で亡くなった。伴が指導する女子ランナーはみな同じような年齢だ。手厚く丁寧に指導して、彼女たちの成長をアシストしたい。健気さのゴールにある輝く顔を見たい。歓喜を分かち合いたい。そう思ったのだった。

もちろん、辛苦を抱き合うようなこともある。それでも良かった。母親とは、ともに笑うことも泣くこともできないのだから。

13

一月の大阪国際女子マラソンに恭子はエントリーした。

どのレースを走らせるのか。オリンピック出場を狙う陣営にとっては最重要項目である。まずは代表枠三名に入ることが大事だから、自らのコンディションを考慮に入れながら、同じレースで潰し合いにならないようにライバルの出方をうかがう。

だが、伴陣営が狙うのはあくまでメダル獲得だ。そのためにはいち早く代表のキップを勝ち取り、真夏の東京オリンピックに向けて始動したい。

代表選考は三月の名古屋ウィメンズマラソン終了後に行なわれる。世界選手権での内定以外は僅差の横並びとなる場合が多い。基準タイムの二時間二十二分三十秒をぶっちぎるような文句なしのタイムを叩き出せば、確実にオリンピック代表になれる。またそのくらいでなければメダルなどにはとうてい手が届かない。

大阪国際女子マラソンの当日は気温が低いうえに、ひどい強風で選手たちの髪の毛が激しく靡いた。

風が強い日のレースは先頭を避けるのが鉄則だ。多くのランナーが牽制し合う中で、恭子は強く走った。自然と先頭に押し出され、そのまま力を落とさず二位に大差をつけてゴールテープを切った。常識外れの快走である。

モニターに映る恭子の表情を見て、伴は全身が震えた。

走るときの表情がますます秀英に似ていた。練習では決して見せない気迫が立ち上っている。本番に力以上のものを出せるランナーなのだ。

優勝タイムは二時間二十八分十二秒。強風を思えば上出来だ。他の日本人選手のタイムは大きく遅れた。その中には宇奈木が率いる三芳水産の丸木初美もいた。

恭子が常識外れなのは、レース振りだけにとどまらなかった。

トラック内で行なわれた恒例の優勝インタビューを、「すっごく寒いんで、もういいですか」と途中で打ち切ってしまった。確かに女性インタビュアーの質問が要を得ず、恭子のスポーツ歴や祖父の秀英のことなどを無整理に喋(しゃべ)り、恭子が答える時間のほうが短い。恭子の三白眼が徐々に鋭くなった。一時間後には記者会見もあるから、打ち切って構わない。おかげで伴と恭子は速やかにトラックを後にできた。

汗を流した恭子は全身に疲労感をまとっていた。「すっごく疲れた」と言う。強いレース振りを伴は誉めた。先頭に押し出されたのは仕方がないとして、それを逆手にとってスパートした決断を讃(たた)えた。

「ペースが遅いから。あのまま駆け引きしながら優勝しても、たぶんタイム的に代表選考で揉(も)めるでしょ。陸連のオッサンたちって記憶力が悪いから、ひどい強風だったことも忘れちゃう。ここは強く決めなきゃ、って思ったんです」

強い言葉に伴は顔を崩しそうになった。勝負の感性に満ちている。

「今のセリフ、記者会見ではＮＧだぞ」

「なんでですか。だって本当にそう思ったんだから」

「無我夢中で走ったら、ああいう結果になった。そのくらいにしておけ」

「そういうこと言うんだ。ちょっと……意外。監督も案外小心なんですね」

「頼むから今だけは、言うことを聴いてくれ。決定まで、無用なケンカを売るな」

「別にいいじゃないですか。わたしも監督も、陸連に嫌われてるんだから」

「おれは嫌われているようだが、君はそうでもないよ。余計なことは考えるな」

「嫌われ者でいいじゃないですか。憎まれっ子世に憚るって言うでしょ」

「とにかく、よく頑張った。記者会見が終わったらさっさと静岡に帰ろう。好物の鰻の蒲焼き、たっぷり食わせてやる」

恭子が上目遣いに微笑んだとき、「伴」と声をかけて宇奈木が寄ってきた。

笑顔で「おめでとう」と言う。

「強い走りだった。ほぼ決まりだな」

恭子が丁寧にお辞儀をした。

伴も頭を下げるべきだったが、身体が固まってしまった。今この瞬間、見たくない顔に祝福されている。

「それにしても、走っているときの顔、秀英さんに似てるな。思わず背筋を伸ばしたよ」

「よく言われます」と恭子が笑みを返した。礼儀正しい笑顔を宇奈木に向ける。

「秀英さんの孫にあれだけ走られたんじゃ、白旗をあげるしかない。頑張れよ」

伴がうなずくと宇奈木の右手が出てきた。伴が右手を出そうとすると、恭子が一歩前に出て両手で宇奈木の手を握った。

「頑張ります。おじいちゃんのためにも。応援してくださいね」

宇奈木のブルドック顔が苦笑に歪んでいる。

14

両手両足に斧(おの)が振り下ろされる。

恐ろしい夢だと悟(さと)った瞬間(しゅんかん)、伴(ばん)の全身に激痛が走った。

悪魔の一撃だ。

足の痙攣(けいれん)。

両足だ。両足が攣(つ)った。

まどろみを吹き飛ばす最強の痛みが襲(おそ)ってきた。

伴は飛び起きて身体(からだ)をひねってもんどり打った。

激痛の中でジャージを脱ぐ。両ふくらはぎを急いでマッサージする。脛、足の甲、内腿もさする。激痛は治まらない。どの部分の痙攣が核なのか、痛みが大きすぎて分からない。

「あぁ」

伴は耐えかねて声を出した。ふくらはぎの「こむら返り」は何度も経験しているが、今朝の痛みは最大級だ。両足の神経の筋がすべてずれてしまったような、ワインオープナーを筋肉に打ち込まれ、ねじ込められているような堪え難い痛みだった。

激痛の果てにあるのは死か。苦痛を和らげられるのは死だけなのか。

伴は深呼吸を繰り返した。就寝時の体温が下がる明け方に痙攣は起こりやすい。それは百も承知だから、伴は夏でも厚手のソックスを履いて寝る。しかも昨夜は長めに入浴してストレッチにも時間をかけ、足全体をマッサージして、抜かりなくビタミンサプリメントを摂ってベッドに入ったのだ。

恭子が優勝して最高の気分でベッドに入り、悪魔の一撃で目覚めた。

あれだけケアをしたにもかかわらず、なぜ痙攣が起こったのか。だが原因を特定し反省する暇はない。一秒ごとに痛みが大きくなってくる。

地獄からどう抜け出すか。パートナーが居れば両足を伸ばしてもらえるのだが――。

脈打つような激痛が続く。伴は壁に手を当ててなんとか立ち上がった。なにかにぶらさがり、振(ふ)り子(こ)のように両足を揺(ゆ)らす。重力と遠心力とで絡(から)まった神経の束(たば)をほぐす。これ以外にない。

窓を開けてベランダに這(は)い出た。物干し竿(ざお)に両腕を絡ませ、体重を預けた。途端(とたん)、竿が折れて伴は肩と顔をコンクリートにぶつけた。しかし痛みは感じない。両足の痛みが猛烈(もうれつ)すぎる。無様だった。四階のベランダから飛び降りたい衝動(しょうどう)にかられた。伴は歯を食いしばって立ち上がった。そして上窓を開け、桟(さん)にしがみついた。やっとぶら下がれた。

初めて冷静になった。「不幸は近視眼的には悲劇だが、遠くから見れば喜劇である」などと典子(のりこ)が言っていたことを思い出した。

右足をぶらつかせた。力を抜き、蹴(け)り出すように、キックの動作を繰り返した。痛みが徐々(じょじょ)に引いていく。次は左足。同じようにキックした。腕の力がなくなるまで、伴は両足のキックを繰り返した。

全身に汗をかいている。この地獄が一度きりではないのなら、懸垂用(けんすいよう)の鉄棒をベッド脇(わき)に備えなければいけない。

伴はベッドに腰かけて考えた。

これほどやっかいな激痛は初めてのことだ。

伴は昨日の歓喜を反芻した。酒の飲みすぎが痙攣を誘発するのは分かっていたので、お祝いのビールもコップ一杯しか飲んでいない。恭子が一位でゴールしたとき、トラックで何度か翔び跳ねた。その程度だ。

伴はフルマラソンを走ったのだ。

齊田恭子を見守る二時間二十八分、全身に力を込めてずっと伴走していた。

こういう形ならば、伴はマラソンを走ることができる。

この思いつきは、伴の気持ちを少しだけ明るくさせた。

それにしても容赦ない痛みだった。拷問を受けた経験はないが、似たようなものなのだろうと思う。

身体を震わせながら、伴は声をあげて笑った。悲劇だ喜劇だと、典子が話していたことをさらに思い出したのだった。

「悲劇が繰り返されると深い悲劇となる。しかし三度繰り返されると、それは喜劇だ」

忘れたころに襲ってくる両足の痙攣は、なるほど傍から見れば喜劇に違いない。喜劇の主役を演じているならば、自分で自分を笑い飛ばすしかないではないか。

関希望のリオオリンピックでのリタイアは悲劇だった。

城ノ崎優の世界選手権リタイアも悲劇だ。

もし、東京オリンピックで齊田恭子になにかが起こったら、それは喜劇になってしまう。三度失敗したマラソン監督としての喜劇。最高の舞台、最大級の観客の前で演じる喜劇である。

「おれは喜劇には向かない」

そうつぶやいてみた。

恭子と伴の東京オリンピックに悲劇はない。そう思い定め、伴は壁に手を添えて腰を上げた。

15

三月の名古屋ウィメンズマラソンの三日後、伴はスーツを着て陸連に顔を出した。陸連には多くの記者が集まっている。理事会での決定後に記者会見が行なわれる。齊田恭子の日本代表内定を正式に告げられるのだ。

記者会見は午前十一時から。八時に合宿所を出て新幹線に乗れば十分に間に合った。記者会見の前に、陸連理事から恭子の代表内定を伝えられた後、陸連担当と並んで伴を含む三人の監督が記者たちの質問を受ける。

役員が代表選手の特徴を話しはじめた。恭子の順番は三番目だ。他の候補者についての言及を、伴はまるっきり聞いていなかった。周知の情報で何も目新しいことはない。これが日本以外の代表ランナーの話だったとしても、伴は上の空だっただろう。

他人のことは気にせず、自分だけのことを考えればいい。これが伴のマラソン哲学だ。マラソンにライバルは居ない。相手のことを考える必要はない。野球やサッカーやラグビー、テニスや柔道やレスリングならば対戦相手の研究は必須だろうが、マラソンは基本的に自分本位でいいのである。

マラソンは各ランナーがベストを尽くして走った結果、順位が決まる。もちろんレース中の駆け引きはある。強い選手が集まればデッドヒートの場面も現われる。だがそんなことは後の話だ。そのときに最上の力を出せばいい。結果が五着だったとすれば、四人よりも遅かっただけのことだ。四人の走りの特徴を研究すれば順位が上がるということは、まずありえない。「こういう相手には、こうして走る」などという発想とは無縁なのである。

マラソンは準備期間が最低三か月かかると言われているが、そのすべてが自分のコンディション作りだ。自分さえしっかりしていればいい戦いができる。その潔さが伴は好きだった。

恭子の順番が回ってきた。

「次に、大阪国際を制した齊田恭子です。強風の中で、タイムもいい。まあ強風と言っても向かい風も追い風もあったわけですが。エチオピア、ケニア、中国の選手に競り勝ったところも高い評価を得ました。強風下で先頭に押し出されてもものともしない、いわゆる勝負勘や根性も十分です」

的を射た説明を聴き、伴は静かに息を吐いた。

齊田恭子は三番目に選ばれたという。一番目、二番目の選手とのタイムの比較などに疑問はあったが、伴は無表情を貫いた。ここで一番になっても仕方がない。勝負は八月だ。

ところが、記者たちの質問が進むにつれて、恭子は当落線上に居たことが分かってきた。落選した選手の戦績は恭子よりも明らかに劣る。これには納得が行かなかった。どこに揉める要素があるのか。

伴が思ったことを、記者が質問した。

広報が弱々しい声で答える。

「齊田に若干の懸念材料があったからです。齊田が陸上を始めたのは大学卒業後ということで、レース経験が浅い。オリンピックのような大舞台では、レース経験が物を言います。誰も経験したことのないような苛酷なレースになることが予想される東京オリンピックではなおさらです。その点が議論されました」

「しかし、齊田恭子の大阪国際での強気のレースぶりは見事でした。そのときの彼女のコメントもふるっていた。順位を牽制し合うよりもいいタイムを狙ったと。こういう選手こそが大舞台で活躍するんじゃないですか」

「まあ、そのとおりでしょうが、両刃の剣で、惨敗する危険性もあります」

伴は右足の踵を思わず床に叩きつけた。惨敗などという無神経な言葉、ここで使わなくてもいいじゃないか。

「惨敗とは縁起が悪い。それはその……伴監督のかつての二度の悲劇のことが念頭にあるんですか。つまりその、肝心なところで躓いてしまうという」

みなが伴の顔を見た。隣りにいた女性監督などは苦笑を向けてきた。

「それは考えすぎです。経験が少ないからこそ思い切ったレースができる。それが成功するとは限らないということです。大阪国際のレースぶりも、常識では先頭を避けるところを思い切って出ましたが、東京オリンピックではどうなるのか。……蛇足ですが、彼女の祖父である齊田秀英氏もこう言っています。『マラソンのように極限まで体力を使う競技は、どれだけ場数を踏んだかが重要である』と」

女性監督がまた伴のほうを見た。

伴はとぼけて天井を見上げた。思わず飛び出した舌打ちが存外に大きかったようだ。女性監督が「その秀英さんのＤＮＡが、すごいんじゃない」とささやいてきたので、伴は目をつぶってゆっくりとうなずいた。

記者が質問を続けた。

「そのことにも関連しますが、元理事の齊田秀英さんのお孫さんということも、選考となにか関係があるんでしょうか。むしろ選びにくいとか」

「そういうことは一切ありません。選考対象レースの成績のみで判断しました」

「だったら、なんで齊田のマラソン経験のことを持ち出すんだ」

口の悪い記者がよく通る声で発言し、場内に失笑が漏れた。「発言は挙手にてお願いします」と広報が咎めたので、記者は手をあげて勢いよく立ち上がった。

「それと、ドーハの世界選手権での、伴監督の殴打事件。あのことは選考に関与しましたか」

「いえ。それこそまったく無関係です。まあ、ああいうことは、誉められたことではありませんが」

「どうも、せっかくの代表決定が、すっきりと腑に落ちないんですね。その点、当事者の伴監督、どうですか」

伴に水が向けられた。どうと言われても困る。伴は腹を括ってマイクに顔を近づけた。

「ただ、ほっとしています」

「今の懸念の話ですが、むしろ相当な伸びシロがあるとも言えます。ずっと指導してきて、齊田選手の特徴を監督の口からお聞かせください」

いい質問だ。伴は背筋を伸ばした。

「齊田はケガらしいケガがない。走り込みによる足腰の磨耗がありません。レース経験が少ないことは悪いことばかりじゃない」

「なるほど。さすがは身近にいる指導者だ。連盟の方とは視点が違う」

苦笑が起こった。

「伴監督は齊田秀英さんの直弟子でしたが、その孫を指導して、オリンピック代表に育てたというのは、やはり感慨深いものですか」

「感慨深いです」

そっけない伴の回答に失笑が漏れる。そのせいで記者会見会場の空気が少し軽くなった。記者も肩の力を抜き、次々に質問を投げてくる。

「これまでいろいろとありましたけど、三度目の正直で東京オリンピックは期待できますね」

「頑張ります」

「その後、宇奈木さんとは、どんな感じなんですか」

「大阪のレースの後も、励まされました」

「ドーハの後、一度は監督辞任を明言しましたが、辞めなくて良かったですね」

「八月二日の記者会見で、辞めなくて良かったと言えるように頑張ります」

質問の多くが伴に集中して記者会見は終わった。

一つ深呼吸をして、伴は恭子に電話を入れた。

「何番目でした？」

「ダントツの三番目だ」

「三番目でダントツ？　ま、いいか」

伴は苦笑した。恭子との会話は電話のほうがいい。あの三白眼(さんぱくがん)が目の前にないのだから。

ゆっくり身体を休めろとだけ言って伴は電話を切った。

電話を切った瞬間、秀英の顔が浮かんできて、

「出る杭(くい)は打たれる！」

と、あの調子で叫(さけ)んだ。伴はますます苦笑した。

「世界に出ていく傑物(けつぶつ)は打たれてナンボだ。ただし叩かれないように、うまく打たれる演技をしろ。打たれる瞬間、ボクサー並みにスウェイしろ。モグラ叩きのように」

ときどき、伴にはこういう瞬間が訪れる。実際に言われたこともないのに、いかにも秀英が言いそうな台詞(せりふ)が伴の頭に浮かんでくるのだった。

16

こんなときは、能天気に美味(うま)いワインを飲んで愚痴(ぐち)を吐き出すに限る。

伴は典子に電話をした。典子は選考のごたごたを知っていた。「ムカついたときに

は、カリフォルニアのスパークリングに限るのよ」などと言う。

六時まで時間をつぶし、二人でいつもの店のテラス席に座った。

まずはスパークリングワイン。喉が渇いていて、ボトルはすぐになくなった。典子も涼しげな仕草でフルートグラスを口にした。

「なんで、あんなにグズグズ言われなけりゃならないんだ」

「なにか言いたかったのよ」

「晴れやかな気分が台無しだ」

「恭子ちゃんに罪はないの。問題は二人の男」

「二人?」

「そう。まず秀英さん。陸連内部には反・齊田秀英がいるんでしょ。ああいう人って、崇拝者と同じくらい敵も多いから」

「亡くなれば敵は減るもんだけどな」

「恭子ちゃんの顔、秀英さんに似てるから。敵の憎悪が蘇ったんじゃない?」

「あんな小娘相手に」

「人間の組織って、そういうものなのよ。秀英さんの孫っていうのが、気に食わない人達は少なくはないでしょう」

「……もう一人の男は、おれだな」

典子がグラスを鼻の前に上げた。

「本番に弱いバンカツ陣営ってこと。今まで大事なところで二度も失敗してる。暴行のこともあるしね。官僚みたいな成果主義の現場では、マイナスポイントを重く見るから」

「過去は変えられない」

「あと、バンカツこそが反陸連でしょう。日頃から選考方式に異を唱えている。アメリカのように一発選考にするべきだって。秀英さんもそうだった」

「正論じゃないか」

「恭子ちゃんが経験不足ってことだけど。陸連との付き合いが短いってことでしょう。しかも秀英さんがバレーボールを勧めたんでしょ。陸上なんてやるな、って。バレーのほうが世界に近いから。秀英さんらしい深謀遠慮よ」

伴はじっとワイングラスに口を付けた。いつのまにか白ワインのボトルがテーブルにある。マスカット風味の強い爽やかなワインだ。

典子がグラスを空けた。伴がボトルのワインを注ぐ。白く輝く液体を見てほほえむ典子の表情がいい。

「男の嫉妬って、女よりもタチが悪そうじゃない」

典子がうっすらと笑う。

「宇奈木君の態度にしたって、バンカツへの嫉妬の感情が根底にあるわ。マスコミもそう。持ち上げて落とす。いい男であればあるほど、落ちる落差があればあるほど、大衆は溜飲を下げるわけね。ところで、バンカツにはあんまり嫉妬心がないでしょう。嫉妬したこと、ある？」

言われてみれば。伴は少し考えて、首を横に振った。

「そういう人には、他人の嫉妬心が分からない。嫉妬心に鈍感になってしまって、大きなトラブルにつながったりする。ずいぶん叩かれたし。思い当るでしょう」

「嫉妬しないって、良いことだと思ってた」

「でも安心して。落としたら、また持ち上げるのも世間だから。恭子ちゃんはバンカツの教え子なのよ。世間は『三度目の正直』って思ってる。そう思いたいのよ。みんな〝逆転の伴〟の露出を望んでるの。女性も男性も、カッコいい男のカッコいい姿が見たいのよ」

「いくらおだてても、この前の話は受けないぞ」

典子から齊田恭子と伴の密着取材のオファーを受けた。そういうのはすべて断った。

「分かってる。諦めて正解。もし元旦那のツテってことでウチだけがカメラを入れさせてもらったら、叩かれるのはバンカツだもんね。でも、局はわたしとバンカツの関係性を利用しようとするのよ」

「そういう職場を選んだんだから仕方ない」

「転職してこういうワインの美味しい店をやりたいんだけどね。ええと、なんの話だっけ。そうそう。バンカツの姿を見たいって話。陸連は世論に勝てないわよ。もともとタイム的にも問題ないんだし」

　ワインで口が滑ってきたのか、典子は顔を上気させて喋りまくった。

「本当は当落線上なんかじゃなかったの。陸連もバカじゃないから、バンカツ人気を利用するわよ。恭子ちゃんが快走すれば万々歳だし、もしダメでも、バンカツだけを責めればいいんだから。やっぱりバンカツはダメだって」

「ダメダメ言うな」

「そのくらい、バンカツには影響力があるのよ。秀英さんも、生きてたら同じことを言いそう。おまえは失敗しても金の取れる男だって」

　伴は笑うしかなかった。関希望がリオオリンピックでリタイアしたとき、秀英に似たようなことを言われたのだ。

赤ワインはグラスで頼んだ。抑制が利くようになった。以前の二人ならば、赤をボトルで頼み、肉料理を追加しただろう。

店を出てＪＲの駅まで歩いた。夜の空気に梅の香が混じっているが、まだまだ風が冷たかった。

「夏まで、ワインを飲む時間なんてなさそうね」

プラットホームに出たとき、典子が言った。下りの三鷹行きの電車が入ってくる。この電車に典子は乗り込む。

「もう一波乱あってほしいな。本番の前に」

「アップダウンはノーサンキューだ」

「落ち込んだときにしか、連絡をくれないから」

伴は口を結んで典子の目を見つめた。大きな瞳が揺れている。

「たまには、歓喜の真ん真ん中で飲みたいわね」

電車のドアが開き、人が降り、入れ違いに典子が車内に入った。

「ありがとう」

伴が言った。典子は「ごちそうさま。がんばってね」と言って胸の前で右手を振った。伴は右手でＯＫサインを作った。

典子は部員たちと同様、よく喋った。しかし部員たちとは違い、自分のことはほとんど話さない。全部が伴の悩(なや)みのことだった。

典子だって伴に話したいことが山ほどあるはずだ。それなのに、「誰か、いい男、いないのか」などと話を振ることが、伴にはできなかった。

春の夜闇に、黄色い電車が消えていく。

17

練習グラウンド一帯には梅の香が漂(ただよ)っている。

この時季、選手への配慮(はいりょ)は最高レベルになる。余計な人間と接触(せっしょく)させないこと。代表が決まり、市長が面会を求めてきたが、伴は丁重(ていちょう)に断った。多くの人間が集まる役所のような場所が危ない。誰彼かまわず握手を求めてくるところもあまり愉快(ゆかい)ではなかった。

殺到(さっとう)した取材依頼はすべて五月以降に回した。深緑(しんりょく)の季節になると気温が上がって湿度が増し、風邪(かぜ)っぴきがぐっと減る。

春は風邪のシーズンだ。風邪は全身病で、呼吸器の機能を著しく低下させ、ランナーから身体の力を奪う。最低一週間のロスを強いられ、症状によってはそれまでの頑張りが水泡に帰すことになりかねない。元の体調に引き上げるにはさらに時間がかかる。レース当日に風邪を引いていたとしたら、まず力を出し切ることはできないだろう。女性ランナーにとっては生理の存在もあるが、風邪を引くことが最もやっかいだ。風邪はマラソンランナーの最大の敵なのだ。

しかし敵は擦り寄ってくる。ランナーは案外風邪を引きやすいのである。

トップアスリートほどその傾向が強い。莫大な練習量のせいで吸気から摂り込む酸素も多くなり、増加した活性酸素が風邪ウイルスへの抵抗力を弱める。紫外線も活性酸素の発生を促すから、野外を長時間走るマラソンランナーは最も危ないのだった。体脂肪が少ないことも無関係ではなさそうだし、冷たく乾いた空気を口から吸い込むことも良くないことだった。

伴は風邪を憎悪している。自分を現役引退に追い込んだギラン・バレー症候群も、きっかけはただの風邪だった。「風邪は万病のもと」というありふれた言葉を、あれほど痛感したことはない。だから風邪について徹底的に調べあげ、細かく予防線を張った。伴は練習のことについては冗舌ではないが、風邪については部員たちに言葉を尽くした。部員があまり神経質になってもいけないので、「風邪予防に関してだけ、指示どおりにしてくれ」と宣言した。

もうひとつ、苦い経験があった。大学四年生の箱根駅伝だ。

伴は復路10区、アンカーを務めた。伴が鶴見中継所で襷を受けたときには美竹大は四位。三位で通過した大学のランナーとの差は一分以上あったものの、チームのエース格だった伴の激走に期待がかかっていた。しかし、順位を上げるどころか、前を行くランナーとのタイム差は開くばかりだった。

このとき、伴は風邪を引いていた。

箱根駅伝は中継で顔が露出する。優勝候補チームのアンカーならば、ゴールシーンが専門誌の表紙を飾ることにもなる。伴は自分がそうなることを信じ、年末に行きつけの床屋に行った。ところが床屋の店主が伴の頭上でしきりに咳をした。しかもすでに伴は有名人だったから冗舌に話しかけてくる。店主も伴もマスクはしていなかった。空気が乾燥する秋から冬、そして春までは部員は高性能マスクの着用を義務付けられていた。大学の授業を受けるときも移動の電車内でも全員がマスクをした。しかし散髪をするときにマスクをするわけにもいかない。イヤな予感がしたが、散髪が終わるまでは身動きができない。そのおかげでものの見事に風邪をもらってしまったのだった。

伴はそのことを秀英に申告しなかった。美竹大は選手層が厚く、不調と知れればエントリー変更は必至だ。それだけは避けたかったのだ。学生最後の晴舞台を、風邪ごときでフイにしたくはなかった。

潜伏期間だったのか、発熱には至らず、身体が少しだるいといった程度の症状で、咳もそれほど出ず、当日の自主検査をクリアした。大した症状ではないと自分に言い聞かせ、走りだしてしまえばなんとかなると高を括った。だがもちろん二十キロの道程は甘くはなく、伴の表情は歪み、期待はずれの凡走となってしまった。

だから伴が指導者になったとき、風邪の恐ろしさについて部員たちにしつこく繰り返し、栄養面や衛生面での対策を徹底した。合宿所の入り口には殺菌スプレーが常備してある。

寒いからといって海外に出ることもない。高地トレーニングもやらない。本番は真夏の東京なのだ。じたばたせず、気温の変化に身を置くほうが自然だった。

伴は飛行機での移動を嫌った。経験上、風邪を引きやすいのだ。機内は極端に乾燥していて、空気を循環させるために風邪のウイルスがあれば危険なのである。

そんな中で、伴と恭子の金メダル獲りプロジェクトが始まった。ただし桜が咲く頃までは一切走らせない。体幹トレーニング以外は毎日三時間のウォーキングのみ。ジョギングさえ禁止した。走り出すのは本番から逆算して十六週間前。四月からだ。

恭子の三白眼が疑問の色で伴を見つめた。代表入りの歓喜はすぐに焦りに変わる。走り出さずにはいられないのだ。

「十六週メニューは分かりますけど。それまで、トラックを流すぐらい、いいじゃないですか」

「ウォーキングを舐めちゃいけない。三時間のウォーキングがプレトレーニングでは最も効果的なんだ」

「舐めていません。それにしたって、朝と夜はジョギングを入れるのが普通じゃないですか」

「十六週メニューでたっぷり走るから、今はこれでいい」

「なんでですか」

伴は思わず目の力を緩めた。

なんでですかという問いは恭子の口からしか出てこない。恭子が入部した当初は戸惑い苛立った。だが代表入りが決まった今は、頼もしくさえ思えるから不思議だ。

もちろん理由がある。春は人間が最も体調を崩しやすい季節でもある。三月から四月にかけては季節が激しく揺れ動く。このときには身体を追い込まないほうがいいというのが伴の経験則だ。八月に飛躍するための〝ため〟をこの春に作る。

春は自然が躍動する。茶畑は青々とし、人間の心も弾む。躍動の風景と同化したくなり、外を走りたくなる。トラックと違って硬いアスファルトを多く走ることになる。ましてや恭子は女子マラソンの日本代表だ。走らせると必ずスピードを上げてオーバーワークになる。

だが、そんな理屈を日本代表選手にとうとうと説くのもどうかと伴は思う。

「なんでですかって言われてもな。おれの経験則だ」

「慎重になりすぎてません？　もしかしたら、三度目の失敗を気にしてるんじゃないですか」

「まったく気にしてない。三度目の正直だ」

「だったら、厳しくやりましょう。わたし、絶対に潰れませんから」

「最初に、いろいろと話があるんだ。おれも伴走する。いや、ウォーキングだから〝伴歩〟だな」

「三時間、歩くだけですか」

「日本代表選手の走りには、さすがについていけないからな」

そういうことか、と恭子はうなずいた。

「わたし、ウォーキングも結構速いですよ。三時間もだいじょうぶですか」

「ウォーキングだからな」

「あ。監督こそウォーキングを舐めてる」

恭子はそう言うと鼻で笑った。

「なんで監督が伴歩するの。プレトレーニングでしょう」

「話すことがあるって言っただろ」

「レース戦略？」

「それはもっとあとだ」

「じゃあ、なんですか」

「いろいろ」

「いろいろって？」

「メニューも佳境に入ると、それこそ話をする暇がなくなる。四か月なんてあっと言う間だ。身も心もテンパってくる。そのときに大切なことを話しても、君の胸には沁みない」

「胸に沁みるような大切なこと、話してくれるんだ。もったいぶらずに、今教えてくれてもいいのに」

「いいことは、走ったり歩いたりするときに不意に思い浮かぶものだ。会話してると、インスピレーションも倍になる」

「いろいろ考えますね」

「何度も言ったが、マラソンは常に新鮮(しんせん)だ。同じように練習も常に新鮮だ。人間は新鮮な気持ちのときに、いいインスピレーションを生み出すものだ」

「その話、おじいちゃんから聴いたことがある。でも、いい話」

伴は秀英の目を思い出し、背筋を伸ばした。思い出すと言っても、同じ目付きが自分の目の前にある。

「練習で苦しんで試合でラクしよう、なんてよく言うでしょ。わたし、その理屈が大嫌いでさ。バレーがそうだった。週に六日苦しむのって、新鮮さのカケラもない。練習がイヤでイヤで仕方なかった」

「よく大学まで続けたな」

「練習って、始まる前が一番イヤなんだけど、始まってしまえば気持ちも身体も熱くなってくるから」

「いいことに気づいた」

「中学から猛練習してるんだから、普通、自分で気づくでしょ。鬼監督が出てくるコート練習が一番キツいんだけど、基礎トレをこなした後だから心身が熱くなって肝も据わってくるんです」

「その点、長距離の練習はいいと思わないか。ただ走るだけだ。ゆっくり走り出し、スピードを上げて、やがて足を止める。イヤになる要素は少ない」

「マラソンの練習をイヤだと思ったことは一度もないです。こっちが大人になったせいかもしれないけど」

勘の良さはさすがに秀英の孫だと伴は思う。始まる前が一番辛い。練習に向かうアスリートの心境の本質である。

長距離走、中でもマラソンは、その苛酷さや準備期間の長さから「キング・オブ・スポーツ」などと言われる。しかしレースに向けての練習はそれほど苛酷ではないと伴は思う。たとえば、本番で百パーセントの力を出せれば勝てるとする。ほとんどのスポーツは猛練習で百二十パーセントのパフォーマンスを引き出そうとする。しかしマラソンの場合は、そこまで自分を追い込むことはない。練習で最も長く走る場合でも四十キロ走、本番よりも二・一九五キロ短い。それでいいのだ。

本番では時に思わぬ力を発揮することがある。レースが大きければ大きいほど、アドレナリンがパフォーマンスを高めてくれる。人間の不思議な能力の一つだと思う。伴にもそういう経験がある。

マラソンは、体操やフィギュアスケートなどの採点競技と違ってパフォーマンスの失敗がない。突き詰めれば足を交互に出すだけだ。しかも出遅れてしまっても時間的に挽回の余地がある。他の競技と比較しても、選手にのしかかるプレッシャーは少ないのである。

一方で、「練習でできないことは、決して試合ではできない」という考え方が厳然とある。しかしその妄信こそが、日本のスポーツ全般にブレーキをかけるものだったと伴は確信している。

そこまで極端でなくとも、根拠薄き猛練習では身体も気持ちも疲弊してしまうのだ。自らも中学の野球部で体験した。それが当たり前になれば、練習は辛く厳しいものだと脳が認識する。するとなるべく苦痛を薄めるようになり、サボろうとするのである。一種の防衛機制だ。猛練習が身体にブレーキをかけてしまうというパラドックス。

頭のいいアスリートはうまく練習をサボることになる。このメニューは無駄だと無意識に選別する。こんなバカな話はない。ならば最初から無駄な猛練習などやらなければいいではないか。

時代は進んだとはいえ、「練習をサボる頭のいいアスリート」はまだまだ多く存在する。ここが根幹なのだ。中学校などのできるだけ早い段階で競技者の意識を変えなければいけない。それはなにも難しいことではなく、指導者が意識を変えればいいだけのことだ。自分がそのコンセンサス作りの一助になれれば、と伴は思うのだった。

それでも枝葉の部分は進歩している。たとえばウォームアップ。一昔前はマットに尻や背中を付き、足や身体をじっくりと伸ばしていた。今は少し違う。ストレッチングはさっと切り上げ、スタンディングで両手両足をぶらぶらと動かす。そしてすぐに走り出す。長距離ランナーは走ること自体がウォームアップだから、この程度でいい。なにもいきなりスピードを出すわけではないから、ケガの心配は皆無だ。走り出してしまえば心身のエンジンがかかる。昔はアイドリングの時間が長すぎて、そのときに練習の苛酷さを思い出してしまい、気持ちが萎えることが多かったのだ。

「アップはテキトウでいい」が常識となったことが、市民ランナーの増大につながっているのではないか。すぐに練習を始めることが大事で、また長距離走にはそれが適している。服装にしろ練習場所にしろ、走ることほど簡便なことはない。

気温が上がり切った午後、伴と恭子は往復二十キロのロードを歩いた。

時速八キロ目安の速いウォーキングだが、ときおり歩みを止めて身体を伸ばしたり手足をぶらつかせたりした。こういうことができるのもウォーキングの長所だった。たとえジョギングでもランナーがいったん走り出してしまうと、簡単には足を止めることができないものだ。

大切なことを話す、と伴は言ったが、二人は黙って足を出した。伴が口を開かなければ恭子は何も話さない。軽やかな息遣い（いきづかい）だけが聞こえる。初日は会話らしい会話はなかった。

二日目の午後も、どうということのない世間話に終始した。

「花粉症、平気なんだよな」と伴が言うと、「平気」と恭子が答える。

「あれは突然来るらしい。今年もだいじょうぶそうだな」

「オリンピックイヤーに発症しちゃ、ダメでしょう」

「それはそれでゲンがいい。〝当たり〟だ」

「監督は？」

「平気。あれはたいへんだ。大学時代に苦労したヤツもいた。チームの半分が花粉症だったときがあって、春の合宿はスギのない離島に行ったんだ」

「それ、おじいちゃんのアイディア？」

「当の秀英さんがひどい花粉症だった」

「そうなの」

「知らなかったのか」

「全然」

「冷たい孫だ。でも隔世遺伝（かくせいいでん）じゃなくて良かった」

「パパもママも平気ですけど」

「じゃあ安心だ」

不思議なことだが、恭子の母親、つまり秀英の娘はまるでスポーツに縁がない大学教授だ。恭子の父親も学者である。二人の兄も揃って大学院を出て何かの研究をしているらしい。秀英のスポーツＤＮＡは恭子だけに受けつがれたのではないか。しかも色濃くと伴には思えるのだった。

「でも、両親ともすぐに風邪引くの」

「どっちにしても、マスクは欠かせないな」

こんな感じで三時間が過ぎる。

桜が咲くまでの二週間。伴と恭子はじっくりとウォーキングに時間を使った。

恭子は自分から何も聴いてこない。伴が話し出すまで待っている。世間話ですらそうだった。このへんの頑固さは筋金入りだ。

本番のきっちり十六週間前に桜が満開になった。

ウォーキングの打ち上げの日、伴は帰路で口を開いた。

「三十キロを過ぎてから、身体が軽くなるときが来る。そう言ったことがあるだろう」

恭子が右隣りでうなずいている。大阪国際女子マラソンでも、恭子はそれを感じたと言っていた。そのおかげで勝てたのだと。

「オリンピックでは、あれが二度来る」

「え？」

恭子の声が明るく弾けた。

「終盤、身体が軽くなるのは、それまで頑張って走ったことへのご褒美だ。そのご褒美が本番では二回ある」

「本当ですか」

「本当だよ。しかも二度目は身体に羽が生えたようにさらに軽くなる。そうなれば必ず金メダルが獲れる」

「必ず？」

「必ず」

「なんで、言い切れるんですか」

「おれがそうだった」

「オリンピックで金メダル、獲ってないじゃない」

「でも羽は生えた。恭子に羽が生えたら、絶対に金メダルが獲れる」

「監督は、二度目の軽さを知ってるんですね」

「あれが来ると、負ける気がしない。背中に羽が生えてるんだから」

「じゃあ、なんで負けたの」

「同じ状態の相手が大勢いたんだろう。そうとしか考えられない」

恭子が笑い出した。ウォーキングを始めてから初めてのことだった。

「それって、ランナーズ・ハイですか」

「そんなもんじゃない。羽が生えたとしか言いようがない。その状態になった者にしか分からないよ」

「マラソンの終盤（しゅうばん）って、天使の競走みたいになるってことね」

「そうかもしれない。そのことを、おれは誰にも話していない」

「優ちゃんにも？」

「関希望にも」

「なんで？」
「どう練習すればそうなるのか。最近分かったからだ」
「本当？」
「それが叶うような練習をする。ウォーキングもその一環だ。これをやっているのは世界中で恭子しかいない」

話が終わる頃にグラウンドに着いた。恭子の顔が汗で輝いている。

伴はこれだけを言いたかった。

暗示である。

タイミングも今しかない。ウォーキングメニューの最終日。これだけを恭子の身体に染み込ませたかった。

「三十キロを過ぎると、苦しさが消えてラクになる」というのは、広く知られている話だ。ランナーはこれを励みにして終盤まで頑張ることができる。この言葉を、尊敬する指導者から言われるとさらにその気になる。一般論ではなく経験者が自分のために言ってくれた、と自然と思えるからだ。

信憑性などない。マラソンの終盤でそれまで以上のスピードを出すことは不可能である。多分に精神的なものだった。

しかし伴は考えた。ランナーならば誰でも知っている陳腐な言葉でも、アレンジ次第では新鮮味が出るのではないか。今、ここにしかない言葉を紡ぎだせるのではないかと。

一度ではなく二度身体が軽くなるということ。伴はチャンスを倍に盛った。三十キロまで頑張れば、残りは十二・一九五キロ。この間に二度もチャンスが訪れると思えるのだ。

暗示は一つに絞ることが大事だ。洪水のようなアドバイスの中の一つでは、暗示の効果は大きくならない。たった一つだけを言う。

話すタイミングも重要だ。

大阪国際女子マラソンの前に話しても良さそうに思えたが、伴は本番中の本番のために取っておいた。十六週メニューに入る前がいい。それもウォーキングの最終日に。「歩いているときに大切な話をする」と始めに言っておいたのは前フリで、恭子は歩くたびに期待したはずである。焦らしたのだ。

なにより、暗示をかけるのが伴なのである。伴は自分が部員に与える影響力を知り尽くしていた。他の部員とは違って恭子は伴に靡かない。心から慕っていないと伴は思っている。しかしこの暗示だけは効果があるはずだと信じた。

毎日三時間、互いの呼吸を耳にしながら歩を揃(そろ)える。そして最終日に一つだけ暗示をかける。そのためのウォーキングだった。

そのことに恭子は気づいているだろうか。

「やっと、教えてくれたんだ」

「最後のほうで、インスピレーションが固まった。頭にはあったけど、いきなり初日には話す気になれなかった」

「ケチ臭(くさ)いですね」

「浪費(ろうひ)はしないんだ」

「ペラペラ喋るよりはいいかも。おじいちゃんも、そう言っていた」

「秀英さんの影響かもしれない。言葉を節約する人だった。ひとつひとつの言葉が重かった」

「そうだ。わたしも忘れてた。おじいちゃんから伝言をあずかってます。伴に教えてやってくれって」

思わぬ言葉が飛び出し、伴の表情が止まった。

「入部してから何年経(た)つんだよ。どんな伝言だ」

恭子は上目遣(うわめづか)いに伴を見て、無言で口の両端(りょうはし)を上げた。

「教えてくれ。また忘れたらどうする」

「忘れない。言う機会がなかったの」

「早く言え」

恭子が小さく首を横に振る。

「それは、秀英さんが亡くなる間際のことか」

「ここに入部するとき、あずかりました」

「なんて言ってた」

「教えない」

伴は思わず笑った。

「さっきの言葉をそのまま返す。ケチ臭いぞ」

「っていうか、教えられないの。オリンピックで金メダルを獲ったら言えって」

オリンピックで金メダルを獲ったら――。

金メダルを獲れる監督はおまえだけだ。秀英の言葉が伴の胸によみがえってくる。

「それまでは、なにがあっても言うなって」

「秀英さんがそう言ったのか」

恭子が秀英と同じ目付きでうなずいた。

「秀英さんらしい思わせ振りだ」

「真意は分からないけど。約束したことだから。いくら粘ってもムダ。わたしがすっごい頑固だってこと、監督知ってるでしょ」

今度は伴がうなずく番だった。

「狡いよ。君は今それを言う必要はなかった。金メダル獲得まで言わなくてもいい。それなのに、『言うなって言われた』と言う。そう言われたら知りたくなるのが人情だ」

「話の流れで、つい言っちゃったんです」

「もしおれが……合法的な拷問で、君の口を割らせようとしたらどうする」

「合法的な拷問って？」

「四百メートル走を百本」

「それに続くメニューはロード走にして。そのまま逃げます」

「……メダルが金庫のカギってわけか。これでおれと君は、師弟だけの関係じゃなくなったわけだ」

「あ、それって、なんかエロくないですか」

「ばか。上下関係だけじゃないって意味だ。君がメダルを獲らないと、秀英さんの伝言を永遠に聴けないんだからな」

「それって、一蓮托生って言うのかな」

「ただでさえマラソンの監督とランナーは一蓮托生だ。そこに妙な条件が入ってきた。秀英さんらしい工夫なんだが」

「おじいちゃんも、東京オリンピックのマラソンを伴走するってことね」

その思いつきは悪くない。伴は青空を見上げた。

18

五月に入り、薫風がグラウンドに訪れた。風が清々しい茶の香りを含んでいる。多くの人もグラウンドに訪れた。誰もが恭子と伴に満面の笑顔を向け、「頑張ってください」と激励を寄越した。

恭子は来客の笑顔を柔らかく受けとめ、握手に応じたり、写真を撮られたりもした。伴が特に諭したわけではなく、訪れた誰にでも丁寧に接する。普段の自分への態度とは大違いだ。伴は内心で苦笑せざるをえなかった。

本番は八月。盛夏へ向かう季節は湿度が満ちて風邪のウイルスが激減する。東京マラソンは史上最大の苛酷なマラソンになると言われているものの、なにも悪いことばかりではないのだった。

応援者たちの慰問は、「練習が忙しくならないうちに」といった気持ちがあるようだ。だが金メダル獲りのプロジェクト「十六週メニュー」はすでに始まっている。メニューは等しく重要で、四月の第一週であろうと本番直前の第十六週であろうと変わりはないのだった。

大きな大会の代表になると、陣営はいろいろと手を出したくなる。

高地トレーニングに出かけたり、ハーフの大会に出たり、それまでやっていなかったメンタルトレーニングの専門家の許を訪れたり。

それを実行する陣営の監督は、準備期間の四か月を案外長いものと認識している。後悔のないようにやれることはやっておこうと焦るのである。

伴は違う。なにをやるかは大事なことだが、なにをやらないかを定めるのも大事なことだと思っている。

十六週は短い。静岡のグラウンドを拠点にして日々をしっかりと過ごして八月を迎える。大阪国際を走ったときの準備と、基本的には変わらない。ただし季節の移ろいが違う。春に練習をスタートして盛夏の東京を走るマラソンだ。どのタイミングで追い込むか。どこで力を抜くか。ここが監督の力量となる。

曜日で決まったメニューを行ない、十六週かけてコンディションを整える。走りのサイクルを身体に染み込ませるのだ。

レース当日は八月二日の日曜日。後半の追い込みの三十キロ走、四十キロ走は必ず日曜日に行なう。

金曜日は休養日で、土曜日は軽いメニューにする。

月曜から木曜まではトラック走、短めのロードなど。体幹トレーニングは休養日を含めて毎日、首の強化は月・水・金曜日に行なう。

本当に一週間が早く過ぎる。十六週なんてあっという間なのだ。

関希望は休養日にも休まずに自分を追い込んでしまった。城ノ崎優は食事量を勝手に減らしてしまった。

恭子の場合、極端な偏食があるから合宿所に腰を据えたほうがいい。栄養士兼調理師が恭子の嗜好に合うメニューを用意してくれる。

六週目から、伴もトラックを伴走するようになった。

それまでのトラック走では、ストップウォッチを片手にタイム管理をしていた。だがなぜだか走りたくなった。五月半ばの、風が薫る季節である。目線を定めて健気に走り続ける恭子の姿を見ていると、じっとしていられなくなる。

トラック走は一万メートルを走るスピードだから、今の伴にはついていけない。ただし、二十キロから三十キロを走る日曜の翌日の月曜は軽めのランニングである。そのときに四百メートルトラックを二周、恭子の外側で走った。恭子のトレーニングとは無関係である。

出す足と呼吸に意識を集中する。そのとき、やはり「秀英の伝言」のことを考えてしまう。

ときおり、つい言葉に乗せてしまう。

「なんだろう。秀英さんの伝言って」

もちろん返事は返ってこない。

ずっとそのことを考えていて、伴にはだいたいの予想がついていた。

金メダルを獲ったら話せという。金メダル後のことだ。

最大の目標を達成してしまった後、監督としてどう過ごすのかということだ。バーンアウト症候群に陥ることを心配しているのだ。

ランナーと同じくらいに世間から持て囃されるに違いない。伴はそれに近い経験をしているが、金メダルの影響はその比ではないだろう。そのことしかない。秀英は伴の行動心情を知り尽くしている。金メダル獲得後の情況に伴が置かれたときの危うさを心配したに違いなかった。

この思いつきは伴を有頂天にした。「おまえは金メダルを獲れる監督だ」という秀英の言葉は本心だったのだ。だからこそ、その後のことも真剣に慮ってくれたのだろう。

同時になんともほろ苦い気持ちにもなる。伴の弱さを指摘した伝言を、恭子は知っているのだ。監督の弱みを部員が握っている。妙な構図だと伴は苦笑するしかない。

だが、そんな小さなことはどうでもよかった。

代表に内定したときには、「金メダルを獲って、日本中を感動させる」を目指した。それだけでも気宇壮大でやる気が沸き上がってくるのに、さらに「秀英が伴だけに託した伝言を聴く」が加わったのだから。

あるいは、と伴は思う。秀英はときおり演技をする。演出をする。自分が伴に慕われ尊敬されていることを十分に知っている。だから架空の伝言を恭子に託すことも考えられる。伴のモチベーションをさらに上げるために……。

さまざまなインスピレーションは、走りながら浮かんでくるのだった。

九週目、東海地方は梅雨に入った。静岡も蒸し暑い。梅雨の時期だけ、北海道で合宿所を張ることも考えた。しかし梅雨の鬱陶しさに浸かるのも悪くない。梅雨を経て夏に向かう。夏を迎える準備だ。日本人の身体はそういうふうにできている。

雨が降れば思い切って練習を軽くした。トレーニングルームのランニングマシンを使うことができるし、乗馬マシンもある。

十六週メニューは忠実にこなすとオーバーワークになる計算で作った。どこかで休んでいい。女性特有の不調のことも考慮に入っている。

十週目からはスピード集団走だ。部員八人と一万メートルを走る。一万メートルの選手が相当に早いペースで集団を引っ張り、恭子はそこについていく。

十一週目。いよいよ上り坂トレーニングに差しかかった。ロードに出て三十五キロを走り切り、そのままなだらかな坂道を上る。本番の外堀通りの上り坂を踏まえての追い込みだ。

坂の手前には軽くアップを終えた城ノ崎優が待つ。恭子の、いわば最強のスパーリングパートナーだ。東京オリンピック選考レースには間に合わなかったが、今ではケガから復帰して頑張っている。

坂を上り切って足を止めた恭子は、不満を隠さずに上目遣いで伴の顔を睨んだ。

「キツいです。これって、本番では羽が生える場面でしょう。練習では羽がないから、メチャクチャにキツいですよ」

「これをやると、本番で羽が生える」

「なんか矛盾してません？　これって、練習でできないことは決して本番ではできないって話でしょう。監督の嫌いな精神論じゃないですか」

「そういうとらえ方もできるな。でもせっかく、お誂え向きの坂があるんだ。試してみたくなるじゃないか」

「これ、あと四回、やるんですか」

「やってみよう」

「梅雨明けにも？」

「気温三十五度くらいで、やってみたいな」

「死にますよ」

「弱気じゃないか」

「本番に即してるけど、普通は涼しいところでやるもんでしょう。夏の静岡って、東京より暑いですよ」

「諦めろ。高地トレーニング嫌いの監督に付いた因果だ」

恭子は不満を身体にため込まない。文句ばかりを言う。口を止めることもないが、足を止めることは絶対になかった。

十二週目。引き続き上り坂トレーニング。

十三週目に梅雨が明けた。

ここからレース当日に合わせた時間割りに切り替える。

女子マラソンのスタートは朝の七時半。起床は三時半だ。それに合わせて今までより九十分早起きをする。グラウンドに出てくるときの恭子は不機嫌で、朝の挨拶を交わすと口を結んでしまう。伴の短い指示にただうなずくだけだった。

本番の朝七時半スタートというのは早すぎる。真夏の東京の暑さを考慮した設定だと分かってはいるが、どう考えても不自然だ。スタートの四時間前起床は絶対だから、前夜は午後七時にはベッドに入らなければいけない。すると大事な夕食の時間も前倒しになる。

だから季節が切り替わる三週間前からタイムスケジュールを合わせるようにした。

ただ、練習では重要なメニューが早朝に終わるところは悪くない。まるで相撲部屋の朝稽古のようだと伴は思う。昼食後に一時間の仮眠を取るところも力士の生活に似ている。

恭子が上り坂に戻ってくるのは十時前。走り出しはまだ涼しいが、坂にさしかかるころは相当に暑い。太陽がほぼ真上にある。細い腕を必死で振る恭子の姿が痛々しい。見守る伴も疲労困憊になる。

恭子は文句を撒き散らす。伴は三白眼を見つめてうっすらと笑う。

「でも、朝早いっていいですね。ぐずぐず思い悩む暇がない。走り出しちゃえば気持ちも熱くなるし」

恭子は口を尖らせながらもそう言った。

タイムは確実に良くなっている。八月二日にピークを持っていける実感が湧いてくる。それを恭子も感じているようで、文句を言ったあとにはさっぱりとした表情になった。

ちなみに、会社からの命で選手たちはUVカットの化粧品を顔に塗ることになっている。他の部員たちは進んで愛用しているが、恭子だけはこれを拒否した。「汗と交じると、気持ち悪くて」などと言う。キャップとサングラスがあるから気にすることもない。もちろん伴もそんなものは塗らない。背反行為には違いないが、このくらいのわがままは許容範囲だった。

19

第十四週のラストはコースの試走である。

日曜日の朝七時半、恭子と伴はサングラスをして白いキャップをかぶり、国立競技場をスタートした。恭子のジョギングに、伴は自転車で並走した。日曜朝の東京は人気も車も少なく、歩道をスムースに走ることができる。

東京は空が低く、重い雲がビルの間に詰まっている。気温三十度と蒸し暑い日曜日となった。

折り返しの浅草には十時前に着いた。サウナで汗を流し、南千住まで歩いた。

男子マラソン日本代表の丸千葉輝の親戚が経営する鰻屋で、男子代表の三人が集う会食に恭子と伴が招待されたのだった。美味い鰻を食べて本番までもうひと頑張りという趣向である。

男子代表の丸千葉、常盤木浩、そして走水剛の三人は仲がよく、揃って食い道楽でときおり食事をともにする。料理を楽しむだけではなく、各々の練習法などの意見も交換するらしい。

従来はこういった交流は皆無だった。しかし、東京オリンピックではオールジャパンの意気込みでメダルを独占してやれという意識が強く、互いのライバル視を超えた連携をしている。猛暑のレースを共に勝ち切ろうという連帯感がある。ただ女子の代表間にはそういった交流はない。むしろそれが当たり前である。

常盤木が伴の大学の後輩ということもあって誘われた。これは恭子にとっても素晴らしい刺激になる。

冷たい麦茶が身体に沁みた。鰻は抜群に美味く、男子代表三名は穏やかな笑顔を恭子に向けた。恭子もすぐに打ち解けたようだった。日曜の昼下がりに、マラソン日本代表の四人が鰻を食らう。豪勢な昼食会だ。

伴は常盤木、丸千葉とは面識があったが、走水と会うのは初めてだった。走水は持ちタイムが他の二人に劣るものの、暑さに強いことで代表入りした。独特の調整法を持っているらしく、そういった情報に触れることも伴の楽しみだった。

やはり、東京オリンピックのコースに話題が集中した。

「ほぼ平坦ですよね。よくできたコースですね」

「高架が多くて煩わしいと思ったけど、あれはいい。一瞬、陰に入るでしょう。ちょっとラクになります」

「すべての高架にミストを設置するそうです。ナイスアイディアですね」

「でもカーブも多い。とくに神田のあたりはかなり鋭角に曲がりますね」

「銀座の応援、すごいんだろうな。考えただけでワクワクします」

みながどんどん話す。恭子も自分の考えを話した。

伴も意見を求められた。常盤木、丸千葉、走水の熱い視線が伴の顔に突き刺さる。

「さっき常盤木が平坦だって言ったけど、四谷と市谷の間に長い坂がある。行きは下りで、復路は上り。猛暑の中を走ってきて、三十八キロあたりで長い上り坂だ」

「あそこはキツい。あそこが勝負どころですね」

「誰もがそう思う。あそこまで、なんとか力を蓄めておきたい。しかし実際、そんなことができるだろうか」

「ムリでしょうね。力を蓄めるなんて。がむしゃらに走るしかないですよ」

「おれもそう思う。はっきり言えることは、あの坂を上るときに先頭集団にいなくては勝てない。あそこから逆転することは不可能だ」

「なにがなんでも、先頭集団についていくことですね」

「ホームゲームだし謙虚さは要らない。独走で坂を上る。そうすれば金メダルだ」

「でも猛暑だろうし、そこまでキツいでしょうね。市谷からは未知の世界だ」

「三十八キロのコースだと考えて、そこからは、もう出たとこ勝負ですね」

「独走もいいけど、三人の先頭集団で坂を上ろうよ」

「そうしよう。メダル独占だ」

話が弾む。恭子も目を輝かせてうなずいている。男子代表の連帯感を目の当たりにして、伴の胸も熱くなった。

「いい機会だから、伴さんにいろいろ聞きたいんです」

丸千葉が言う。

「現役時代のことです。〝逆転の伴〟。あれは、本当のところ、どういうことだったんですか」

「本当のところって？」

伴が表情を引き締める。それを見た恭子が箸を置いた。

「抜かれて抜き返す。根性だ気合いだと言われましたよね。そのときの解説者なんか『やっぱりマラソンは気持ちの強さなんですね』とか言ってたでしょう。でも、三度も逆転勝ちしてるのは偶然じゃない。緻密な戦略なんでしょう？」

常盤木や走水、そして恭子も、じっと伴の顔を見つめている。伴はひとつうなずいた。

「難しい話じゃない。三十キロあたりまで第一集団にいて、機を見て前に出る。スパートではなく先頭に立つだけ。しばらく走って、後ろが迫ってきたら、わずかにスピードを落として、わざと抜かれる」

「わざと？」

「三メートルくらい離れて、抜かれたままにする」

「そのまま離されたら、どうするんですか」

「そうなったレースもあった。成功例だけが印象に残る」

「それで抜き返せるもんなんですかね」

「前を抜いて先頭に立ったランナーは、実は不安なんだ。競り合いになり、また前に出られるのかと思う。しかし、そのまま先頭に立ち続けると不安が消える。このまま逃げ切れると思う。そこを、一気に抜き返す」

「心理戦ですね」

「脳の仕組みだな。不安が安心に変わり、一瞬気が緩む。その直後にショックを受けると、すぐには立ち直れない。そういうものらしい」

「でも、三十キロまでトップ集団にいなきゃいけないんだから。力がなければ使えない戦略です」

　伴はうなずいた。〝逆転の伴〟のメカニズムを、こうして開示するのは初めてのことだった。隠していたわけではない。新聞記者たちは「根性」「気合い」「気持ち」などと逆転の理由を勝手に決めてしまい、深く訊ねてこなかったのだ。

「その戦略、恭子ちゃんにも伝授したんですか」

　常盤木が言うと、伴が答えるより先に恭子がきっぱりと首を横に振った。

「そういうこと、監督は全然教えてくれないんですよ」

　不満気な恭子の声に、男子代表三人がほがらかに笑った。

「恭子ちゃんは本当に強いから、姑息な戦略は要らないんだよ」

　そう丸千葉が言って、すぐに「伴さんが姑息ってわけじゃ、ないです」とおどけて謝る。また笑い声があがる。

　伴も鷹揚に笑ったが、丸千葉の言葉に内心で大きくうなずいた。実は逆転の戦略を、関希望と城ノ崎優に授けていた。だが二人とも、その場面に到ることはなかったのだった。

「でも、恭子ちゃんが強いのは本当のことですよ」

　常盤木が言葉を続ける。

「マラソンに勝つには、脳が最後までポジティブでいることが大事だと言いますよね。それでおれたちは、いろいろと東京オリンピックを楽しむ工夫をしてるわけですけど。恭子ちゃんは、その点がすごく強そうだ」

「脳が強いってことですか？」

「大きな舞台でも、萎縮しないっていうか。秀英さんのＤＮＡもあるし、伴さんが監督だし。恭子ちゃんは走ってるときって、どんなことを考えてるの」

「走ってるときですか？　なんか足を出すのに必死だから、なにも考えてないかも」

「ゴールしたときのご褒美を考えるといいらしいよ。案外、食い物のことがいいんだって。メダル獲ったらビールをしこたま飲む！　とかね。脳が喜ぶんだってさ」

「へえ、面白い。脳が喜ぶことを考えるんですね」

「面白いね。楽しんで走ったほうがメダルに近づくんだ。なにを考えるのかも重要な戦略だよね」

常盤木と恭子の会話を耳にした伴は、「恭子はなにを考えて走っているのだろう」と思う。レース中になにを考えるか。そこまで伴は介入しない。自らの現役時代を思えば、足を出すことに集中していて余計なことは考えていなかった。

だが、二時間以上ずっと集中しているわけでもない。ならば息を吐くところどころに、楽しいことをイメージするのは有効だろう。この期に及んでも、まだまだ学ぶことがある。

「それに関連して、試走して思ったことなんだが」

伴が口を開くと、三人が一斉に伴を見る。

「北京オリンピックも暑かった。リタイアした人数、知ってるか」

「けっこう居ましたよね。十人くらいかな」

「三十人。東京はもっと多くなるぞ」

「史上もっとも苛酷なマラソン、なんて言われてますからね」

「東京のコースがリタイアに拍車をかける。猛暑が目に見えるコースだ」

三人と恭子が、揃ってうなずいた。

「スタートは七時半。折り返しの浅草が八時半だとして、すでに気温は三十度を超えるかもしれない。この付近で何人かリタイアする。その様子が、他のランナーにも見えてしまうんだ」

「暑くて気持ちが折れそうなときに、リタイアを見ちゃうとキツいですからね」

「弱気が連鎖する。諸君にはそんな経験はないと思うが、おれにはある。どうしようもなく調子が悪いとき、足を止めたいと思う。だが死んでもリタイアしたくない。そんなときに強い選手が歩いている姿を見ると。仕方ないと思ってしまう。足を止める理由をひねり出してしまうんだ」

「その危険性が、東京コースには溢れていると」

「逆に励みにすればいい。競走相手が減っていくと思え。先頭集団で折り返して、後続のリタイアを冷笑するんだ」

はい、と四人の声が揃った。

「あとは、日本勢のホームグラウンドなんだから、コースにモチベーションを上げるポイントを作るといい。東京マラソンでも経験してると思うが、銀座や浅草は応援がすごい。浅草は一度だけだが銀座は二度通る。いろいろ工夫ができそうだ」

「モチベーションってのはいいですね。苦しいレースだけど、銀座と浅草だけは笑顔で走るって決めておくとか」

「いいね。そういうのを、いくつも考えようぜ」

伴の後輩だからか、常盤木がどんどん話す。そこに丸千葉が相づちを打つ。走水はあまり喋らない。箸を口に入れてにこにこと会話を聴いている。

白焼き、蒲焼き、うな重と進んで鰻を堪能し、お茶を飲んでいるときに、その走水が、「おれも伴さんに聴きたいことがある」と切り出した。

「宇奈木さん殴打事件の真相です。なんで殴ったんですか」

おいおい、と常盤木が言う。恭子が伴の顔を見た。伴は恭子の顔を見つめてひとつうなずいた。

「失礼でしたか」

「マスコミのマイクはごめんだけど、日本代表から訊かれる分には構わないよ。気づいたら手が出てた」

「大学の同期でしょう。親しい間柄で、強烈なスキンシップだろうと思ったんですけど。ムカついてたんですね」

「後悔している。学生時代に、もっと距離を詰めるチャンスはあった」

「宇奈木さんは慰めの言葉をかけたってことですけど、それでなんでああなるのか。本当はもっと、ひどい言葉だったんじゃないですか」

「あいつはひどい言葉なんて吐かない」

「じゃあ、なんで」

「魔が差した」

「マスコミが大騒ぎしたわりには、なにもなくて良かったですね」

「あいつの顔が頑丈で助かった」

「加害者なのに、ひどいことを言いますね」

おいおいと、常盤木がたしなめる。走水が頭を下げた。

「でも、伴さんもメチャクチャに叩かれましたよね」

「当然の報いだよ」

「そういうとき、伴さんはどうやって耐えるんですか」

「気を入れて一日を過ごし、風呂に入って、とっとと寝るだけだ。その点、静岡は静かでいい。周囲の人たちもいつもどおり応援してくれたし」

「そうだ。風呂と言えば。恭子ちゃんにいいことを教えてやろうと思ってたんだ。疲れを完全に取り去る入浴法」

恭子が興味を示し、走水が解説した。

炭酸系入浴剤を規定の二十倍ほどバスタブに入れて飽和状態にし、一時間近く湯に浸かるという。炭酸ガスの入浴には心臓に負担をかけることなく血行を良くする効能があり、その効果を最大限に引き出す工夫だという。

「これで、四十キロ走の翌日でも完全にリフレッシュできるんだよ」

走水が得意気に言う。その横で常盤木が笑って首を横に振っている。

「飽和するまで入れなくても。せいぜい二倍くらいで、十分効果がありますよ」

「とことんまでやらないと金メダルは獲れないよ。恭子ちゃんもやってみな。ただし二酸化炭素中毒の危険もあるから、換気してね」

はい、と恭子がうなずく。伴もうなずいた。極端だがユニークな工夫だ。当たり前のことをやるだけでは決してメダルは獲れないという理屈にもうなずける。

「同じコースを、まず女子が走るでしょう。恭子ちゃんが金メダルを獲って、流れを男子に持ってきてよ」

走水が言った。常盤木、丸千葉がうんうんとうなずく。

「いろいろ忙しいと思うけど、走った実感を聴かせてくれないかな。おれたちが走る前に」

「分かりました。じゃあ……またここで」

「鰻で力水。いいですね。そのときは伴さん持ちで。金メダルなんだから当然でしょ」

走水が言い、みなが笑った。

美味い鰻を堪能して静岡に戻った。日が燦々と輝く猛暑だ。

十五週目の日曜日、本番一週間前のメニューは十六キロ走だ。

長い足が頼もしくトラックを蹴る。朝の熱風を切り裂く恭子のフォームは美しかった。十分に世界と戦えると伴は確信した。

その日の午後、恭子が髪を切ってきた。いつものさっぱりとしたショートヘアだが、少し印象が違う。それを伴が指摘すると、恭子はかすかに両方の頬をあげた。

「顔を剃ってもらったんです。眉も。世界中に顔が映るんだもん。監督も、やってもらったら」

とてもいい顔をしている。だがそれを伴は言葉にできず、ただ笑みを浮かべるだけだった。

最終の十六週目に恭子と伴は選手村に入った。

月曜は体幹運動とネック強化だけ。火曜と水曜は十キロのジョギングと百メートルスピード走を四本。木曜はジョギング五キロ、百メートルスピード走を四本。

金曜日と土曜日は休養だ。ただし絶対遵守の工夫がある。

マラソンの前日から当日にかけての睡眠は最重要項目だが、相手はオリンピックである。どんなに神経の太い人間でも眠りが浅くなってしまう。そこで良く眠るために一工夫する。

金曜日はリラックスして身体を休め、いつもよりも一時間遅くベッドに入る。土曜日はいつもどおりに三時半起き。少し寝不足で土曜日を過ごす。選手村をぶらぶらと散歩したりして午前中を過ごし、特製の昼食を摂る。伴も昼食に付き添う。このあと、絶対に昼寝しないことで、その夜は確実に熟睡できる。この工夫は最初の東京オリンピックの重量挙げ金メダリスト、三宅義信さんから伝わったものらしい。もちろん伴は秀英から聴いた。秀英もモントリオールオリンピックで実践したという。

伴はこういう逸話が好きだ。大先輩たちが日本にメダルをもたらすために腐心したのだと思い、背筋が伸びるのだ。

土曜日の昼食後、恭子を一人にすると居眠りすることを懸念し、伴も散歩に連れ添った。選手村は賑やかで暑かった。暑い中を歩いて汗をかき、風呂に入って夕食を摂ればぐっすり眠れそうだった。

伴と恭子は各国の代表たちに声をかけられ、一緒に写真を撮った。みなが二人のことを女子マラソン金メダル候補と知っているのだ。写真を撮られるときの恭子の表情は、トップアスリートの厳しさとは無縁のものだった。三白眼が鋭く光るのは自分に対するときだけなのかと伴は思う。

「賑やかで、すごく楽しいんですけど、明日が決戦だと思うと、微妙ですよね。微妙な緊張状態。なんか、気持ちが分裂するようで」

恭子が言った。

「誰にでも味わえることじゃない。今日は走らないから、そのぶん心を躍動させよう」

「カッコいいこと、言いますね。監督って、今、どんな心境なんですか」

「晴れやかだ。誇らしい気持ちでいっぱいだ」

「監督は気楽でいいですね」

「そういうことを言うのか」

「うそ。でも、わたしは不安でいっぱいだから」

「おれもうそをついた。本当は不安でインナーマッスルが震えてるよ」

「そうですよね」

「そうじゃない選手や監督なんて、どこにもいない。これが当たり前だ」

「でも楽しみがあるんです。三十キロ地点を過ぎて、二度身体が軽くなるってこと。二度目は羽が生えたようになるって。それって、ちょうど市谷から四谷の上り坂でしょう」

「そのときが必ず訪れる。それだけの練習をやってきた。どんな一瞬を切り取っても、君は一所懸命だった。さっき誇らしいと言ったのは、それをおれが知ってるってことだよ」

「監督、乗せ上手ですよね。最初は全然誉めてくれなかったのに」

「無理に誉めるのが嫌いなんだ。いい加減なことは言わない。マラソンに限っては、誉めて伸ばすだけのコーチングは通用しない。秀英さんに、そのことを教わった」

そうだ、と伴は言葉を続けた。

「晴れやかなのは、やっと明日、伝言が聴けるからだ。覚えてるよな」

「え？　なんでしたっけ」

「秀英さんの伝言」

「ああ。忘れてた」

「記憶力がいいと言っていたはずだぞ」

「そうでしたっけ？」

「これだけは忘れちゃ困る。それが聴きたくて、おれも頑張ってきたんだ」

「へえ。監督、おじいちゃんが好きなんですね」

「約束は守ってくれ」

「分かりました。金メダルですね」

「頼む。……なんか、おれがお願いするのも妙な話だな」

結構な距離を歩いた。あまりの暑さに、かき氷が食べたいと恭子が言う。カフェテラスにメニューがあった。

「ダメだよ。腹を壊したらどうする」

「だいじょうぶですよ。お腹を壊すものなんて、売ってませんよ」

「選手だけがカフェに来るとは限らない」

「わたし、アイス食べてお腹壊したことなんてない」

「とにかくダメ。監督命令だ。明日の午後まで待て。思う存分食わせてやる」

レース後の楽しみにしておきますと、恭子は渋々うなずいた。それでも一休みしたいと言うのでカフェに入った。微かに冷房が効いている。各ブースで好みの物を買って長く伸びたテーブルで食べる。何も口に入れなくてもくつろげるスペースだ。

伴はかき氷のブースに目をやった。黄金色の特製シロップがかけられていて、金メダルが輝くようで魅力的だった。

「すっごく美味しそう。あのシロップ、ビタミン類が豊富に入ってるって書いてある。やっぱり選手のためのかき氷だ」

「試合後のビタミン補給ってことじゃないかな」

「レースの前に食べたい。金メダル色だし、縁起がいいじゃない」

「ダメなものはダメだ」

「じゃあ監督、食べてよ」

「ああいうのは好きじゃない」

「監督があのかき氷を食べたら、金メダルが獲れそうな気がする。味見だけでも」

三白眼の懇願にほだされて、伴はかき氷を買った。手にしてみると喉が鳴る。そのくらい八月の東京は暑い。

「おれだって腹を壊すわけにはいかないんだが」

スプーンで氷を掬って口に含む。爽やかなレモンフレーバーだ。ゆっくりと飲み込むとビタミン剤の独特の匂いが口の中に残った。

「美味しい？」

「ビタミンドリンクを凍らせて、レモン果汁をかけたような味だ」

ふと、恭子の目線が伴の頭上を越えた。なんだと思い、伴は後をうかがった。

そのとき、恭子がスプーンをひったくり、かき氷をえぐって口に入れた。

「こら！」

思わず伴は叫び、スプーンを奪い返した。恭子は口を結んだままでほほえんでいる。

恭子は口を小さく動かし、時間をかけて飲み込んだ。

「監督命令に背いたな」

「だいじょうぶですって。この程度じゃお腹は冷えません」

伴は苦笑するしかない。

一口ずつ食べたところで、伴はかき氷を捨てた。

本当は、伴はかき氷さえ喉を通らないくらいに緊張していた。明日の正午にはすべてが決している。もう二十四時間を切っている。

明朝の二時間半のためだけに日々を過ごしてきた。この緊張感、切迫感。この情況を楽しめなどと恭子に言ったが、とてもそんな心境にはなれない。

だが今、伴は自分を装うことなく恭子を叱った。その瞬間は緊張地獄から解き放たれたのだ。

秀英さんがいたら、今の自分にどんな言葉をかけるだろうか。

同じ目をした日本代表ランナーが、伴の目の前で涼しげな顔をしている。

20

大勝負の朝に監督ができる最良のことはなんだろう。その瞬間に立つ伴はいつでもそのことを考える。

方程式などない。その場その場でやるべきことが変わってくる。

今この瞬間。

東京オリンピック女子マラソン当日だ。

恭子の起床は三時半。伴は二時半にはベッドを出て、選手村の薄暗い広場を走った。いつもよりも早めのジョギングだが、とりわけ身体が軽い。きっちり八百メートル走ってシャワーを浴び、きれいに髭を剃ってカフェテラスで恭子を待つ。待ち合わせは四時。カフェも食堂も朝の三時から開いている。外国人選手が使う甘いコロンの匂いにも慣れた。カフェでミネラルウォーターを飲み、食堂へ行く約束をしていた。

伴には経験則がある。レース当日の待ち合わせ時間に、遅く現われる選手ほどいい走りをする。

世界選手権北京大会での関希望は時間どおりだった。だがリオオリンピックでは三十分前にやってきた。ドーハでの城ノ崎優も三十分前に伴の前に現われた。

だから伴は三十分前に待ち合わせ場所で待つ。

カフェは静かに始動している。この時間に集うのは七時半スタートの女子マラソンに出場する関係者ばかりだ。甘いコロンの匂いが漂い、どことなく早朝の空港ロビーの空気にも似ている。

三時半。恭子は現われない。

その代わり、女性が一人、会釈をしながら伴の元に寄ってきた。Tシャツにパンツといったアスリートスタイルではなく、ポロシャツに記者証を下げている。

「監督、お久しぶりです」

笑顔の女性。伴の胸の中も明るくなった。

関希望だ。

今日、中継のゲストコメンテーターを務めるという。

「すぐに帰ります。ご迷惑じゃないですか」

「いや。でも、そろそろ恭子が来る。それまでなら」

関希望は丸テーブルの真向かいに座った。きりっとした化粧をしていて目線が強かった。夜明け前だというのにひまわりのような溌剌とした笑顔を伴に向けている。

「ずいぶん早いな」

「試合当日の監督の行動、知ってますから。コメントを取るなら今しかありません。……メダル、行けそうですね」

「任せとけ。必ず獲る」

「プレッシャーをかけて、ごめんなさい」

「いや。ますます気合いが入った。このタイミングでそんなことを言えるのは希望だけだ」

「監督、いい顔してますね」

「希望こそ。……こう言っちゃなんだけど、選手時代よりも顔の色艶がいいな」

「そうですか。変わらずかおるかぜのUVケアはやってるんですけど」

二人で短く笑った。

「それで恭子ちゃんと朝の挨拶を交わせばバッチリですね。……その大事な瞬間に、わたしは居ないほうがいいですよね」

確かにそのとおりだった。今日の主役は齊田恭子。二人きりで朝の挨拶を交わしたい。

「もう失礼します。わたしも放送席から念を送ります。レース後、金メダルのお祝いに来ますね」

「ありがとう。希望が伴走してくれてると思うと心強い」

関希望はペコリと頭を下げて足早に去った。走る後ろ姿は昔のままだ。

一分もしないうちに、逆方向から恭子がやってきた。

朝の挨拶を交わす。表情も身体全体の様子もいい。伴は思わず笑みを浮かべた。

「よく眠（ねむ）れたか」

「はい。でもちょっと眠りが浅いかな」

「それでいい。オリンピックの前日に熟睡できる人間なんて居やしない。そんな選手はメダル圏外（けんがい）だ」

「でも、いつもと全然違うのは、起きた瞬間。いきなり興奮してた。たぶん、すごい血圧。こんな朝、初めてです」

「夢に、秀英さんが出てきたんじゃないか」

「夢は見ませんでした」

「それは熟睡してる証拠だ。夢は浅い眠りのときに見るもんだ」

「じゃあ、わたしはメダル圏外だ」

恭子が笑う。伴も笑った。レース当日、最初の笑顔の交換だ。

恭子はミネラルウォーターを取りにいき、伴の隣りに座った。

「ねえ監督」

恭子が言う。

「わたし、だいじょうぶかな」

いつもの強い目線が揺(ゆ)らいでいる。伴はじっと恭子の目をみて、頬を上げてうなずいた。

「だいじょうぶ。金メダルかき氷も食ったし。監督の命令を平気で破る度胸があるんだから」

恭子がうっすらと笑う。

「スタートの注意、分かってるよな」

「なんだっけ」

伴はさらに笑った。レース戦略は何度も確認済みだ。

「一歩目に力を入れないこと。思い出したか」

「冗談です。ちゃんと覚えてますよ。力を抜いてスッと出るんですよね」

「それだけでいい。スタート地点に立つと、どうしたって血が沸き立ってくる。血圧も上がる。なにしろオリンピックだ。知らずに足に力が入る」

「……ラストで、背中に羽が生えるんですよね」

「生える。市谷の上り坂あたり」

「そうすれば、勝てますね」

「必ず勝てる」

伴は恭子の目をじっと見た。瞬(まばた)きするまで見続けた。恭子が水を呑(の)み込むようにして両目をつぶった。

「そうだ。羽が生えたときに、サインを送ってくれ。おれだけに分かるサインを」

「サインですか」

「そうだな。右手で心臓のあたりを二度叩いてくれ」

「腕、振ってますよ」

「羽が生えてるから、だいじょうぶだ」

「わかりました」

恭子がミネラルウォーターを飲み干したのを合図に、二人は立ち上がった。

食堂に移動してからは時間が経(た)つのが早かった。

競技場に入る。今日も朝から暑くなる。空には厚い雲。その上に夏の太陽がある。雨の心配は皆無。それなのに湿度が高い。マラソンランナーにとってやっかいなコンディションだ。

広大な控(ひか)え室は緊張感で殺気に満ちている。もう伴がなにを話しても恭子の胸の奥には届かない。

猛暑を少しでも避けるためとはいえ、朝七時半のスタートは早すぎる。明け方から七時くらいまでの時間は、どの時間帯よりも速く過ぎるような気がする。逆に時差を感じている外国人選手のほうが戸惑いが少ないのかもしれない。

ずっと一緒にいても、もう会話はない。恭子は口を結んだままで準備を進めていた。弱気の虫は選手村のカフェに捨ててきたのだ。

スタート三十分前。セコンドアウトの時間になった。

伴は最後にかける言葉を決めていた。

「おれも一緒に走る」。しかし声が出ない。伴は恭子の目をしっかりと見つめた。練習のときに見せるいつもの強い目だ。恭子もなにも言わず、目線をそのままにうなずくだけだった。

ランナーがスタート地点に集まる。伴はトラックの第一コーナー隅で見守った。

恭子がスタート地点に立つ。並び順は抽選で三列目の真ん中。頭の高さは外国人選手たちの中では埋もれてしまうが、手足の長さではヒケを取らない。なにより、強烈な存在感がある。監督のひいき目ではない。スポーツサングラス越しなのに、強い目線が百メートル以上離れた所からでもはっきり分かる。

「おれも一緒に走る」

伴がつぶやいた。

ピストルの高い音が弾(はじ)けた。

齊田恭子の東京オリンピックが今、始まった。

21

すさまじい歓声の中、集団が走りだす。スタジアムの底でカラフルなユニフォームが渦を巻く。

声援のボリュームにスタジアム全体が揺れ、伴の背中も震えた。選手時代も含めて、これほどの音響を経験したことがない。

恭子は集団の中ほどに控えた。力を抜いたいいスタートだ。

伴は熱気の中で長い息を吐いた。監督の指示に従った。歓喜の雰囲気に呑まれて我を忘れ、スピードを上げてしまうかもしれないという懸念もあった。

十キロ地点までのレース戦略は「先頭に押し出されないこと」だけ。指示をできるだけ簡略化するのが伴の流儀だ。熱風よけに立つなという意味ももちろんあるが、逸る気持ちを諫めたい。はっきりと言えることは、東京オリンピックの勝負所はスタートを含めた序盤ではない。足に力を蓄えておくことが大事だ。中盤や終盤はレースがどう動いていくのかは予測不能なのだから、あれこれとシミュレーションしても仕方がない。

選手たちが東京の街に出ていった。

「みな、どうか無事に、ここに帰ってこい」

鳴り止まない歓声に伴の全身が震え、殊勝なことを考えてしまうのだった。

伴もすぐに動く。控え室のモニターで恭子の走りを見守る。恭子が浅草の折り返しを過ぎたところで伴も競技場を出る。復路の大門に詰めて声援を送り、競技場に戻るつもりだ。

控え室に駆け込んだ伴は祈るようにモニターに見入った。

ランナーたちは神宮の森を抜けて外苑東通りを北上する。集団はバラけず、長い塊で進む。

そのちょうど真ん中あたりにいる恭子が映る。いつものように、しっかりとしたフォームだ。口元がきりっとしている。

まだ序盤も序盤なのに、伴の胸は熱く焦げてしまった。

どうしても、秀英の家で触れた中学生のあどけない顔と重ねてしまう。あの少女が、東京オリンピックを走っている。

伴は両手の拳に力を込めた。

周囲の外国人選手たちの髪が上下に揺れる中、恭子は淡々と進む。

ベリーショートの髪型が頼もしい。

関希望も城ノ崎優も、レースに臨むときの髪型のことを伴に訊いてきた。好きにすればいい。恭子はなにも言わずに髪を短くした。

集団は「四谷三丁目」を右折して新宿通りに入った。

朝日がランナーたちを出迎える。一本気な日差しだ。カーブが多く、太陽の位置がめまぐるしく変わる。どのコーナーでどう日が当たるのか。試走して頭に叩き込んだ。

四ツ谷駅前を左へ。外堀通りに出ると風景が開ける。市谷まで、ゆるやかな下り坂が続く。

ここで先頭の数人がペースを少し上げた。

集団が縦長になる。

「焦るな」

伴は語気を強めた。恭子は淡々と足を出している。

下り坂ではスピードを上げたくなる。右には総武線が走る。ちょうど進行方向に電車が過ぎる。ランナーにとって、それがゴーサインのように思えるのかもしれない。

道が平坦になり、飯田橋五叉路を過ぎたときに集団が大きく二つに分かれた。

恭子は前の塊のしんがりにつけた。

伴はおおげさに二度三度とうなずいた。

最後尾は案外悪くない。正面からの熱風の影響を受けず、しかし前方の気配を把握でき、給水も落ち着いて取れる。監督によって見解が分かれるところだが、伴の好きなポジションだった。

飯田橋の高速の影を跨ぐ。

コースには鉄道や高速の高架が多く、その下を潜るところが片道十六箇所もある。そのすべてにドライミストが設置されている。ランナーたちはコースどりを気にすることなくミストに浴することができる。東京の空を遮る高架を逆手に取ったすばらしいアイディアだ。

飯田橋から後楽園へ。右上にある高速の影がランナーたちを包む。湿度が高くて暑いことは暑いが、このあたりはまだ涼しい。

「水道橋」の交差点を右折して白山通りへ。

南向きになり、朝日がランナーを直撃する。ここからひたすら南下する。白山通りは道幅が狭く、両脇に銀杏並木が青青と繋がっている。外堀通りとくらべると圧迫感がある。日曜日の早朝だというのに沿道にも応援の旗がひしめいている。

ここでペースが落ち着いた。予想どおりだ。

試走したときに「急に道幅が狭くなると、少し足を抑えたくなります」と恭子が言った。本番は応援の外壁もある。

恭子が道の真ん中を行く。そのまま「神保町」の交差点を突っ切った。ここを過ぎると風景が徐々に大きくなる。東京の空はビルばかりだが、皇居の上だけは広い。夏の朝空を鳥の群れが行く。

高速を潜って内堀通りに出た。

集団が皇居を右に見て進む。「ここ、往路は気持ちいいでしょうね」と恭子が言った。夏の風に揺れる柳、きりりとした松。往路はいい風景がランナーの右側に集中している。

「二重橋前」を過ぎる。公園の手前を左折して「日比谷」を右へ。日比谷通りに入った。「内幸町」、「西新橋」を過ぎる。皇居付近からずっと高架がない。

東京タワーを右手に見ながら御成門を過ぎ、増上寺を左折。

「大門」を左に折れると第一京浜だ。

どんと道が広くなる。ランナーたちの右から太陽が直射する。

すでに気温は三十度を越えている。

太陽の位置が劇的に変わるコーナーだ。最初に仕掛けるならここだろう。伴はそう思っていた。恭子は動かないが他のランナーが仕掛ける。前半の揺さぶりである。だが、集団はそのままのスピードで第一京浜を北上した。第三集団以下は埒外だが、先頭集団、第二集団の大きさは変わらない。

恭子は先頭集団のしんがりで足を出している。

新橋の長い高架を潜る。ここはドライミストをしっかり浴びられる。

すぐに銀座、中央通りだ。ものすごい応援と歓声が聞こえてくる。これまでと応援の圧力が違う。日の丸が一斉にはためく。

伴の全身が再び震えた。

銀座は世界一の舞台だ。

広い第一京浜から新橋の長い高架を潜って銀座に入るところがいい。トンネルを抜けて景色が一変するように劇的だった。

見慣れているはずの銀座の風景が、いつもとはまるで違う。通りの両脇のビルのすべての窓からも白い旗がはためいている。応援のアーチだ。こんな光景、オリンピックでなければありえない。ランナーが花吹雪の中を走る。

誇らしい。ここを走り抜けるランナーたちが誇らしい。恭子の姿が誇らしい。自分がそう思えることが誇らしい。この瞬間、暑さや苦しさが昇華する。

東京オリンピックのマラソンは励ましのコースだ。ランナーにとっては中央通りそのものが給水だ。

給水はすぐに過ぎてしまう。銀座は高速下から入り、高速下から出る。

日本橋三越を左に見て真っすぐ進む。伴が走った箱根駅伝10区では三越を左折して大手町に向かった。あのときも沿道は賑やかだったが、今日の比ではない。

第二集団がずいぶんと下がった。先頭集団からも数名が後退した。

まだ二十キロも走っていないのに、先頭集団全体が暑さに疲弊している。

冬のマラソンの場合にはランナーの表情が多彩だが、今はみなが似たような表情だ。「暑い！」と顔にあり、不愉快さを発散している。

恭子は変わらず一番後ろにつけている。サングラスのせいで目が見えないが、いつもの眼差しで走っているはずだ。

頑張っている。よく頑張っている。一歩一歩に魂がこもっている。

ＪＲ神田駅の長い高架を過ぎ、「須田町」を右折すると靖国通り。コース上、もっとも鋭角なカーブだ。

ここから少しだけ東へ走る。「浅草橋」を左折すると、隅田川と平行に走る江戸通りを北へ。そろそろ折り返しだ。

浅草へ続く通りも銀座に負けずに賑やかだ。

ここまで、淡々としたペースで進んできた。

トップを走るのは二人。エチオピアと中国の代表だ。その直後に三人がつける。ケニア、ドイツ、ウガンダの代表。……そのあと四人くらいを挟(はさ)んで恭子。日本代表のユニフォームは恭子だけ。他の代表の動向は伴の頭に入ってこない。

駒形橋(こまがたばし)の交差点を過ぎ、雷門(かみなりもん)へ向かう。

まだ道半ばの折り返し地点だが、先頭が次に揺さぶりをかけるならここだ。

中央分離帯があって道幅が狭く、集団は縦長を余儀なくされる。

そしてヘアピンの折り返し。ギアを入れるには最適のポイントだ。

試走して分かったことだが、折り返しの瞬間、目の前に東京スカイツリーの雄姿が現われる。

意外だった。東京タワーを背にして北上するときに、視界には常にスカイツリーがあるものだと思っていた。実際はビル群が邪魔(じゃま)をしてコース上からはほとんど見えない。雷門の折り返しでいきなり出てくる。試走のウォーキングでも驚くくらいだから、ランナーたちへのインパクトは大きいはずだ。

いや、そんな風景など目に入らない。そのくらい厳しいレースだ。

伴は拳に力を込めてモニターを凝視した。先頭が折り返す。後続も次々に折り返す。恭子も折り返す。

揺さぶりはなかった。

雷門左の一本柳がゆったりと揺れている。

「よし！」

伴は拳と腹に力を込め、勢いよく立ち上がった。

22

伴は大門に移った。

移動の車でも中継を見ることができたが、伴は目をつぶって恭子の頑張りを祈った。

代表に声援やアドバイスを送るために、監督が優先的に詰められるエリアは三か所ある。折り返しの浅草雷門、三十キロ地点付近の増上寺、そして最後の上り坂へと続く外堀通りの後楽園交差点。メダルを狙う陣営の監督は増上寺か後楽園に詰める。

伴は迷わず増上寺を選んだ。広い門前には関係者のみが入れる。カメラも大勢詰めている。

ランナーたちは第一京浜を走り、「大門」を右折して西に向かう。その突き当たりに増上寺がある。そのとき増上寺とともに正面に東京タワーがそびえる。ここを右へ曲がって皇居へ行く。折り返しの東京スカイツリーと同様、目前に紅白の東京タワーを見ると理屈抜きに心が弾む。日本人選手ならば必ず気合いが入る。

この場所で恭子に声をかけたい。

ここは待つ身にもいい。増上寺から、大きな門を通して大門交差点付近が真っすぐに見通せる。ランナーが自分を目掛けて走ってくるように見える。

相当に暑い。はあと吐く息はもちろん熱いが、ふうと吹く息も熱い。七時前には厚かった雲もどこかへ流れ去り、盛夏の薄空となった。

伴は白いキャップを深めに被り、遠くＪＲ浜松町駅のほうを見つめた。陽炎が立っている。

「伴さん」

背後で野太い声がした。振り返ると、日焼けした男の顔が三つ。揃って白いキャップにサングラスで笑っている。

男子マラソン日本代表の三人だ。

「恭子ちゃんの走り、輝いてますね」

常盤木(ときわぎ)が嬉しそうに言った。丸千葉(まるちば)も走水(はしりみず)もうなずいている。

男子代表が三人揃って応援に来てくれた。

挨拶(あいさつ)もそこそこに、四人で大門のほうを見つめた。

「しかし、暑いですね」

「一週間後に君たちが走るんだぞ」

「観客の声援がすごい。予想を超えてます」

「力になるよ」

「この熱気で、東京の気温が二度くらい上がるんじゃないですかね」

「最終日の男子マラソンが最強に暑くなる。心して走れよ」

「女子の頑張りに勇気をもらいますよ」

遠くで気配が変わり、伴と常盤木の会話が止(や)んだ。

先頭のランナーが「大門」に差しかかった。

「よし、こい！」

伴は短く叫んだ。

折り返し地点十位の現状維持で十分。願わくば——伴は普段は決して思わないことが頭を過った。願わくば、何人かリタイアしてくれているといいのだが。

声援が徐々に大きくなる。湾岸から熱風が吹きつけてくる。

先頭ランナーが大門を潜った。やたらと足の長いエチオピア代表だ。一人抜けている。

次が中国代表。すぐ後ろにウガンダ代表。

少し離れてケニアとドイツの代表が並走する。

その後に、白いユニフォーム！

恭子！

増上寺に六位で帰ってきた。

先頭から三十メートル。後続はいない。

伴は思い切り跳躍した。

素晴らしい粘りだ。

上半身にブレはない。よく走れている。この暑さの中、よく頑張っている。

ただ顔がひどい。口が煩悶に歪んでいる。

恭子が大門を潜る。

「恭子！」

伴は腹から声を出した。

「いいぞ！　いい走りだ！」

これだけ。声援はこれだけでいい。

突き当たりを曲がる瞬間、恭子がサングラスを外した。目が合う。伴は目に力を込めて見送った。助けて、と叫び声が聞こえてきそうだ。初めて見る不安気で苦しげな目だった。

サングラスが伴の胸に飛んできた。溶けるくらいに熱い。

「恭子ちゃん、ファイト！」

男子代表三人の声が揃う。

そのとき、先頭に動きがあった。

エチオピア代表がわずかに後退した。全体のスピードは変わらない。明らかな減速だ。

伴は熱い息を呑みこんだ。すぐに競技場に戻るつもりだったのに、足が動かない。

中国代表とウガンダ代表が肩を並べて前に出る。

しかし、十秒ほど間を空けて、エチオピア代表がスピードを上げて二人を簡単に抜き返した。

伴が得意だった逆転のトラップだ。

恭子をも巻き込んだ先頭集団の駆け引きだ。しかしもう集団の姿は見えない。

伴は恭子の背中を見送ったあと、三人に礼を言って別れを告げ、寺の境内を全力で走った。待機していた車に滑り込む。外堀通りを左に回って青山通りを経由すれば競技場まで十五分で着く。

駐車場から走って監督控え室に飛び込んだとき、先頭集団は飯田橋五叉路を過ぎるところだった。

カメラが恭子の姿を映す。

先頭集団が四人に減っている。

その中に恭子がいる！

四人が二メートル間隔で一列に走る。先頭がエチオピア代表、二番手がケニア代表、三番手がドイツ代表。そして恭子の順だ。大きく離れて中国代表とウガンダ代表の姿が見える。

「漁夫の利か」

思わず言葉が出た。

エチオピア代表が技を仕かけて、中国代表とウガンダ代表が罠にはまったのだ。猛暑のコンディションもあって二人は心が折れ、後退してしまった。逆転のトラップは、トップ選手が採る戦略としては常識なのかもしれない。だが、真夏の苛酷なレースの最中だ。それをトラップだと気づける精神状態ではないのだろう。

しかし、もし恭子がトラップの圏内にいたとしても、ペースを上げることはなかっただろうと伴には思える。情況がどうあれ、怪しい気配を察知する感性が恭子には確実にある。

とにかく、エチオピア代表が二人を蹴落としてくれた。

ツキもある。

恭子、頑張れ。

もう、そんなことしか言えない。

勝負どころは市谷から四谷までの長い上り坂。やはりあそこだ。

きっと勝てる。

伴の胸に不思議な感慨が浮かんだ。

練習場近くの茶畑脇の農道。長い坂道を恭子は何度も走り上った。

三十五キロ走のゴールを坂の下にもってきて、東京コースを想定して走った。「キツい、キツい」と口を尖らせながらも、恭子は力感豊かに坂を上った。他に上り坂を走るメニューを伴はやらせなかった。東京コースで上り坂はここだけなのだ。三十五キロ走ってきて初めて坂を上る。その感触を恭子の足が覚えている。

先頭が市谷を越えた。続いて恭子が坂を行く。二番手、三番手も坂を上っていく。「負けるな！」と伴は心の中で叫んだ。

沿道の声援は百パーセント恭子のものだ。

頑張れ、恭子。

だが、トップと二番手の差が縮まらない。開きもしない。どちらの走りも衰えていない。

もちろん恭子もしっかりと四番手で追走する。

伴は画面大写しになる恭子の姿を見つめた。

恭子は両手をリズミカルに振るばかりだ。

三十キロを過ぎて、身体は軽くなったか。羽は生えたか。

背中に羽が生えたら右手で胸を叩く。そんな約束は苛酷な勝負の中で蒸発してしまったに違いない。

よく走っている。五位以下は影も形も見えない。

きっともう羽が生えている。

四谷に差しかかった。四人が長い坂を上り切った！

四人が次々と「四谷見附」の交差点を右に曲がる。

前の三人のランナーを誉めてやりたい。ここまで先頭で粘ってきて、よくあの坂で脱落しなかった。

東アフリカ勢は暑さと湿気に弱く、今日のような苛酷な情況では案外簡単に心が折れるという。しかし鋼のハートを持った女傑も当然いるのである。

伴は胸に右手を当てて目をつぶった。

「秀英さん。観てますか。恭子、頑張ってますよ。たぶん、日本中が恭子の頑張りを観てます。マラソン、素晴らしいですね。もう自分は胸が焦げっぱなしで、身体に力が入りません。心が弾みすぎです。監督失格です。でもどうか、どうか恭子にメダルを獲らせてください」

すると、ほんの一瞬、秀英の面影が伴の頭に浮かんだ。うなずくわけでもない。いつもの顔だった。

新宿通りの賑わいは銀座以上だ。みなが恭子に声援を送る。だがすぐに「四谷三丁目」の交差点。順位は変わらない。

トップの視線の左奥には神宮の森が見えるはずだ。交差点を左折して外苑東通り。もう距離がない。

恭子が「左門町」を抜けてから伴はトラックに出る。ゴールで恭子を待つ。トップが「左門町」を通過した。二番手が差を詰めている。エチオピア代表、さすがに疲弊したのか。全体の差が徐々に詰まってきた。

恭子も「左門町」を抜けた。

息を吐きながら伴が立ち上がる。

そのとき、最後尾に食らいつく恭子の右手が、自分の左胸に触れた。

「恭子!」

伴は絶叫して控え室を出た。

23

トラックに転がり出ると、歓声が大きすぎてまるで音が聞こえない。夏の練習の休憩のとき、神社の境内で蟬に囲まれたときのことを伴は思った。大声を出す伴の顔を、恭子は上目遣いで見てただうなずくだけだった。

伴はスタート時と同じ場所に立ち、巨大モニターを見上げた。ランナーの激走が映る。

白いユニフォームが真ん中にいる！　順位を一つ上げた。前の二人との距離も縮まっている。

坂を上り切って、羽が生えたのか。

歓声がますます大きくなる。

左にＪＲ信濃町駅を過ぎる。いよいよ近づいてくる。

伴は目線をトラック入り口に移した。モニターはもういい。

信じて待つ。

ここに最初に戻ってくるのは齊田恭子だ。

興奮が大き過ぎてまともに息ができない。

姿を見せたのはケニア代表——。

だが走りが縒れている。

数秒の差でドイツ代表。こちらも腕が振れていない。

三番手に恭子がやってきた。

同時に「恭子コール」が巻き起こった。歓声のボリュームは青天井なのか。

伴も大声で叫んだ。

走る姿が前の二人とは違う。恭子は疲弊した色を見せない。ゴールの向こうの獲物に飛びかかるような力強さだ。すぐにドイツ代表を抜き、ケニア代表も抜き去った。

圧倒的強さだ。

恭子はそのままの力感で、まるでウイニングランのように向こう正面を走る。競技場の歓声が恭子の背中を押す。

伴はゴールに近づいた。

コーナーを回って、恭子が走ってくる。

一直線でランナーを迎えるアングルは初めてのことだ。リオでもドーハでも、これが叶わなかった。

伴は両手を広げて何度も跳びはねた。一瞬、自分が「グリコ」のマークになったと思った。

恭子、頑張れ！

独走なのに、こんな言葉しか出てこない。

恭子、頑張れ！

ゴールまで、気を抜くな。
恭子、頑張れ！
恭子、頑張れ！
この暑い中、よく頑張った。
でももう少し。もう少し、頑張れ！
「恭子！」
伴は声を張り上げた。
伴の背後で同じ絶叫を聴いた。秀英の声だ。
振り返って確かめたかった。だが今だけは恭子から目を逸らすわけにはいかない。
「恭子！」
恭子の顔がはっきりしてきた。三白眼が猛暑に霞む。汗が飛び散って見える。
「恭子！」
恭子の目が、きっと伴を見た。強い目だ。秀英の目だ。
小さな身体がわずかに前傾した。腕を振る。最後の最後でもう一段ギアを上げた。
恭子が両手を上げた。
ゴール！

金メダルだ。

歓声が大きすぎてなにも聴こえない。「恭子!」と叫んだ自分の声さえも。

伴も前傾して走った。スピードを落とした恭子がそのまま走ってくる。

「監督!」

汗の香りが伴の胸に飛び込んでくる。

よくやった。

伴にはもう言葉がない。

「監督、大好き!」

恭子が伴の胸に顔をうずめた。大汗をかいてここに戻ってきたのに、微かにレモンの匂いがする。

伴は恭子の言葉に一瞬戸惑いながらも小さな背中を何度も叩いた。

真夏の抱擁(ほうよう)だ。

早く水分を摂(と)らせて、軽く足を動かしてクールダウンをさせなければいけない。それが今の伴の義務だ。

しかし。

しばらくこのままでいい。しばらく、熱いままで。

二人の姿を、秀英が近くで見守ってくれているような気がしたから。

24

歓喜の渦の中で、伴の心は逸っていた。

今夜眠りに就けば、明け方には必ず「悪魔の一撃」が起こる。

まさにオリンピック金メダル級の激痛を食らうことになるだろう。全身に力を込め続けた。大阪国際女子マラソンの比ではない。

何度も跳びはねた。移動の継目で全力疾走した。金メダルに相応しい痛みが伴の身体を襲うことは間違いないことだった。

どんな痛みでも引き受ける覚悟はできている。

だが、ひょっとしたら、本当に死んでしまうかもしれない――。

金メダルを獲った翌日が命日。

伴は息を呑み込んだ。

両足の神経だけではなく、脳も心臓も現役時代以上に躍動した。祝杯のアルコールも口にした。ポックリいってしまってもおかしくない。それは仕方ないとさえ思える。

だが死ぬ前に、どうしても聴いておかなければならないことがある。

秀英が恭子に託した言葉。

「オリンピックで金メダルを獲ったら、伴に伝えろ」

師匠の伝言だ。これを聴くまでは絶対に死ねない。

大歓声の中、恭子は日の丸の旗を掲げ、笑顔でウィニングランをした。その後、記者会見にテレビ出演、そして陸連の慰労会と続き、伴は恭子となかなか二人きりになれなかった。

恭子の体調によっては、ゴール後に病院に直行して検査を受ける手筈を整えてあったのだが、その必要はなかった。マラソンが充電時間だったかのように恭子は元気いっぱいで、取材対応やテレビ出演をすることで疲れが吹き飛ぶと言った。

灼熱のフルマラソンを勝ち切った選手が背筋を伸ばしているのに、その監督がしょぼくれていたのではいけない。伴は引き続き全身に緊張感をみなぎらせた。慣れない緊張のせいで「悪魔の一撃」の危険性はさらに高まったのだった。

今夜、二人ともに帝国ホテルに宿泊する。翌朝、テレビの生放送がいくつも待っている。ホテルの部屋に恭子を呼び付けるわけにもいかない。二人きりになる時間はなかった。

「男同士なら、連れションにでも誘うところなんだが」

そんなつぶやきが伴の口から漏れた。

夜のニュースショーが今日最後の出演だった。

控え室にも常に人がいて、本当に二人きりになれない。

今夜は眠らない。そう伴は腹を括った。眠らなければ「悪魔の一撃」は訪れない。

徹夜で構わない。死なずに朝を迎えたい。さすがに朝食のときくらいはゆっくり話ができるはずだ。

恭子と伴の出番となった。

今日、何度目かの花束贈呈だ。恭子の笑顔に疲れはない。伴はいつものように、うっすらとほほえみを浮かべて口を結んでいた。

「監督さんは感激し過ぎて、いつも以上に言葉がうまく出なくなっちゃって。監督さんのほうが疲れたみたい。全部わたしが喋りますね」

先手を打って恭子が言った。

アナウンサーやアシスタント、カメラマンやディレクターといったスタジオにいる全員が花のような満開の笑顔を二人に向けてくる。

「たいへんお疲れのところ、申し訳ございません。でも齊田さんの走りに、日本国中が勇気と希望をもらったんです。わたしも涙が止まりませんでした。これは本当に素晴らしいことです」

アナウンサーの声が心地よく響く。

そうなのだ。秀英の教えが現実となったのだ。

「いろいろと聴きたいことはあるのですが、とにかくあのゴールシーン。感激しました。わたしももらい泣きしました。齊田さんを抱き留めた監督さんの表情も良かったですね」

伴はうなずくしかない。しかし表情が良かったと言われても困る。あのとき自分がどんな顔をしていたのか、見てもいないし、覚えてもいなかった。

「それはそうと、お二人の間には、なにか約束があったそうですね」

アナウンサーが言った。

え？

伴は顔を上げて恭子を見た。恭子は笑顔で何度もうなずいている。

「オリンピックで金メダルを獲ったときに、その約束が果たされるということだと」

なぜ、アナウンサーはそれを知っているんだ——。

不意に伴の頭に典子の顔が浮かんだ。いや、このことは典子にさえ言っていない。

誰にも話していない。

伴はもう一度、恭子の横顔を見つめた。

唇の両端が得意気に吊り上がっている。

おそらく、局に入ったときに恭子がディレクターに話したのだろう。情報漏洩の多くは、当事者の口から漏れるものだ。

ちょっと待て——。

まさか、それをここで言うつもりか？

伴は立ち上がろうとした。しかし動揺のせいか膝に力が入らない。

「そうなんですってね、伴監督」

アナウンサーの言葉に、伴はわずかに首を捻った。とぼけてやり過ごす一手だ。

「その約束のこと、ここで聴いてもいいですか」

「いいですよね、監督」

「ばか。テレビで話すことじゃない」

「いいじゃない。金メダル獲ったんだから」

伴は顔をしかめた。失笑が聞こえる。

「ええと、二人だけの約束ということは。ひょっとして、すごくお目出度いことですか？　今度は二人揃って（そろ）のゴールインとか」

　軽いめまいを断ち切り、伴はかぶりを振った。

「約束というのは、わたしの師匠でもある齊田秀英さんにまつわることです」

　伴は観念して口を開いた。

「秀英さんが彼女に伝言を残した。その伝言は、彼女が東京オリンピックで金メダルを獲ったときに初めて明かされることになっていました。ですから、ここで言うようなことではないんです」

「それは、なんとも素晴らしいことじゃないですか。それって、大スクープですよね。ここで公開しちゃいましょうよ。なにがなんでも喋ってもらいますよ。監督、いいでしょう？」

「いいでしょうもなにも、わたしの知らないことだ」

「じゃあ今、ここで聴きましょう。齊田さん。内容的に、なにか問題がありますか？」

「全然。問題ありません」

「じゃあ、お願いします」

「だめです。ここで話すにしても、まずわたしが知ることが前提です」

「だって、監督、もう知ってますよ」

恭子は言った。

なに?

おれが知ってるだと?

伴は恭子の顔をまじまじと見た。しかし目に力が入らない。恭子の顔はいつになく穏(おだ)やかで優しい。少女のようにあどけない表情をしている。

「スクープなんかじゃありません。みんな知ってますよ。何度も放送されてますから」

「どういうことです? 今ここで、初めて話すんじゃないんですか?」

「いえ。ゴールの瞬間に伝えました。それが言えると思うと、ラストスパートに力がみなぎりました」

「じゃあ、伴監督も聴いてるってことですか」

「はい。はっきり言いましたから」

伴は天を仰(あお)いだ。

恭子がゴールに傾(なだ)れ込んできた場面。

監督、大好き!

あれか。

あれが秀英さんの伝言か。

いきさつを恭子が喋っている。その声が遠くで響くようだった。

「中学生のとき、監督が家に遊びにきて……ずっと憧れていて……おじいちゃんと一緒に監督が出るマラソンも観にいっていて……でも、わたしはマラソンのシロウトで……おじいちゃんに相談したら……それで、かおるかぜに入れてもらって……東京オリンピックでメダルを獲るまでは我慢しろって……中途半端な態度を取るなって……ゴールしたら抱きつけって」

伴は笑った。

笑うしかなかった。

もう表情を装う必要などない。

おれは女の気持ちをまるで分かっていなかった。

伴は笑い続けた。

自分は恭子から嫌われていて、しかし金メダルを獲った瞬間にすべてが昇華し、愛憎が反転した。あの言葉は、監督である自分が引き出したのだと思った。

しかし、まるで違ったのである。

恭子はずっと装っていた。ゴール後にあの言葉を言うために。自分が引き出したんじゃない。

秀英の伝言。肩透かしには違いないが、金メダル級の豪快(ごうかい)な肩透かしだ。

笑顔の中で、伴は思った。

これで良かったのだ。

恭子と二人きりでこんな話をされたのではかなわない。

秀英の顔が浮かんでくる。

「ゴールしたら、伴に抱きついて大好きだと言え。それまで、自分を律して頑張れ」

いかにも秀英が言いそうなことではないか。

アナウンサーの顔がこちらを向いていることに伴は気づいた。

なにか質問を振られたようだが、うわの空だったせいでよく分からない。

「そのあたり、監督としてはいかがですか」

伴は気を取り直して背筋を伸ばした。

「おかげで、今夜はよく眠れそうです」

アナウンサーがうなずいている。

話の流れを聴いていなかったが、あながち的外(まとはず)れの答えでもなさそうだった。

「しかし、明け方に飛び起きることになります。だから一刻も早く、水風呂(みずぶろ)にでも入って心身をクールダウンしたい」

スタジオが穏やかな笑いに包まれている。

明け方に起きる云々という文言は、明日も早朝から多忙だと受け取られるだろう。伴に笑みを向ける顔の中に恭子もいる。秀英と同じ三白眼が可愛らしい。伴は恭子に出会って初めてそう思った。

いや、この瞳を見たのは初めてではない。

秀英の家に遊びに行ったときに触れた。あのときの少女の瞳だ。

解説——魔が差すことと走ること

重里　徹也

オリンピックや世界選手権で女性のトップアスリートを男性の監督が指導するという光景をよくテレビで見かける。監督と選手たちの間では、どんなふうにしてコミュニケーションを成り立たせているのか。そんなことを考えてしまう。

プライドの高い運動選手は、実はデリケートな側面もあるだろう。精神と肉体の極限まで力を発揮しないと世界とは戦えないはずだ。彼女たちを指導することにおいて、性の違いはどんな戸惑いや苦労、困難を引き起こすのだろうか。

この「監督が好き」という長篇小説は、男性の監督と女性のマラソンランナーがオリンピックを目指す物語だ。マラソンという競技の特性を生かしながら、指導者とトップランナーの心の交流を描いている。

スポーツ小説の名手として知られる須藤靖貴だが、今回はきわだったチャレンジを四つしている。それはそのまま、この作品の特徴になっている。

一つは三人称で物語を進めていることだ。須藤は一人称を多用する作家で、読者が主人公と一緒になって、喜んだり悲しんだりする物語が得意だ。須藤のデビュー作が「俺はどしゃぶり」だというのは象徴的だ。須藤には「おれ」という一人称がよく似合う。

ところが、この作品では主人公は「伴勝彦（ばんかつひこ）」と名前で呼ばれる。この少し距離のある感覚が新鮮なのだ。

といっても、伴はストーリーを語る視点になっている。伴が知らないことは物語に描かれない。読者は伴とともに女子マラソンをめぐる人間模様を生きることになる。

それでも、主人公が「おれ」ではなく三人称で呼ばれることで、作品世界全体が落ち着いている。この小説全体に大人の雰囲気が流れているのだ。それは四十代という主人公の年齢にもふさわしい。客観性を帯びた三人称の導入は、女性マラソンランナーと監督の関係というデリケートな題材ととても合っているのではないだろうか。

二つ目のきわだった特徴は、主人公が美男だということだろう。須藤がルックスのいい男を主人公にしたことが、これまでにあっただろうか。主人公の容姿は作品世界全体に濃い影を落としている。彼の優れた容姿を描いた部分を少し引用してみよう。それは冒頭部分で提示される。

「彫刻的なひきしまった顔」

「スーツの広告に登場する外国人モデルのように凛々しく、短くたくわえた顎鬚が四十男にふさわしい陰影を生んでいる」

甘いマスクの有能なスポーツマンがモテないはずがない。この恵まれた条件が逆に作品全体に微妙なトーンを与えている。美男美女というのは不吉な感じがすると古今東西、相場が決まっているのだ。

この伴という男、人前では口数が少なく、そのためか自意識が強い。絶えず、あれこれ考えている。

彼が長距離ランナーになったのはおそらく、走りながら自意識を削り取るためだ。自意識を吹っ切った快さを味わうためだ。人は足を前へ前へと進める時、自意識も身体から出て行って、空気や道路に溶けていく。しかし、彼は自身でランナーとしての夢を追い続けることはできなかった。このことは作品の奥行きになっている。

この小説の三つ目の特徴はもちろん、女性アスリートを描いていることだ。須藤はこれまでにさまざまな運動選手たちを描いてきた。自家薬籠中のアメリカン・フットボールをはじめ、駅伝、相撲、野球、競馬、ボクシングと枚挙にいとまがない。しかし、いずれの作品でも、競技をするのは男性だった。

今回は男性の監督を主人公にしながら、競技者を女性にすることで、作品全体が立体的になり、濃い陰影をつくりだしている。スポーツを通じて、人間模様を見据える須藤文学にこれまでにない深みを生んでいるように感じる。

それがこの作品の四つ目の特徴と直接につながっている。この作品は人間において、魔が差す瞬間をとらえているのだ。

人間という動物には魔が差すということがある。論理的に考えると絶対にそんなことはやらないのに、どういうわけかやってしまう。冷静になれば、なぜ、そんなことをしてしまったのか信じられないのに、ついつい説明不能の行動をしてしまう。出来心と呼んでもいい。

人間を定義するのに、魔が差す動物ということだってできるかもしれない。すぐに思い浮かぶのは犯罪だが、ある種の恋愛や行動も、魔が差した結果だということがあるかもしれない。

この小説では冒頭で主人公に魔が差す。選手がレースをリタイアしてしまった後で思わず、ライバルの監督を殴ってしまう。さらに帰国後の記者会見では、「監督を辞任します」と思わず言ってしまう。

ところで、この魔が差すという行為が、この小説の中でマラソンという競技と全く対照的なものとして描かれているのが印象的だ。伴のマラソンは精神論を嫌う。理不尽なしごきなどと無縁だ。合理的な練習をモットーにしている。

伴のマラソン観はこんな感じだ。重要なのはフォームを安定させること。そのために筋肉を鍛える。走り込む。すべてが合理的になされる必要がある。一人一人にとって最適な練習は違うのだから、自己裁量が大きく、自主的な練習を心がける。レースは他人との戦いというより、準備したことができるかどうかの自分との戦いなのだ。

ところが、人間には合理性を突き破って、魔が差すということがある。魔が差す瞬間を持たざるをえない人間というものの宿命と、マラソンという人生にもたとえられる競技。この二律背反がこの小説の深い味わいになっているのだ。

伴が夢を託すのは、年の離れた若い女性ランナーだ。恩師の孫で、クールで意志的な美人。二人が本番でどんな結果を残すのか。物語はラストに向かって加速していく。

（しげさと・てつや／文芸評論家・聖徳大学教授）

【主な参考文献】

ポーラ・ラドクリフ／加藤律子 訳『HOW TO RUN ポーラ・ラドクリフのランニング・バイブル』（ディスカヴァー・トゥエンティワン）
織田淳太郎『コーチ論』（光文社新書）
林成之『〈勝負脳〉の鍛え方』（講談社現代新書）
竹内靖雄『「日本人らしさ」とは何か 日本人の「行動文法（ソシオグラマー）」を読み解く』（PHP文庫）

本書は書き下ろしです。なお、本作品はフィクションであり、作中に登場する人物、および団体などは、実在するものといっさい関係ありません。

ハルキ文庫

監督(かんとく)が好(す)き

著者 須藤靖貴(すどうやすたか)

2016年8月18日第一刷発行

発行者 角川春樹

発行所 株式会社角川春樹事務所
〒102-0074 東京都千代田区九段南2-1-30 イタリア文化会館

電話 03(3263)5247(編集)
03(3263)5881(営業)

印刷・製本 中央精版印刷株式会社

フォーマット・デザイン 芦澤泰偉
表紙イラストレーション 門坂 流

ISBN978-4-7584-4026-4 C0193 ©2016 Yasutaka Sudo Printed in Japan
http://www.kadokawaharuki.co.jp/[営業]
fanmail@kadokawaharuki.co.jp[編集]　ご意見・ご感想をお寄せください。